黃維樑　著

當代文學自由談

中華書局

Supported by

本書出版獲香港藝術發展局資助

目錄

第三輯　中華當代文學自由談

自序
懷着憂患意識・呼喚文化自信

　　一百年前，兩位曾留學美國的胡先生，分別發表對詩歌的意見。「二胡」演奏一曲動聽的旋律，來一首《花好月圓》？不，他們奏出來的是不和諧音。胡適（1891—1962）提倡新詩，唾棄傳統的絕句律詩；胡先驌（1894—1968）尊崇傳統，就詩的用典問題和胡適針鋒相對，「二胡」奏的是《戰馬奔騰》。兩位胡先生的觀點，具體而微地代表中國現代文化兩種思潮：一是維護傳統，一是主張現代化。五四時代，眾多知識分子主張學習西方，迎接「德先生」和「賽先生」；他們要把線裝書扔進茅坑，要打倒孔家店，甚至要廢掉方塊字。「西潮」浩浩蕩蕩。

　　現代化是近世中國從貧窮落後到文明富強的必由之路，百年來中華的知識分子，即使愛護傳統的，也並不反對行走這條現代化道路。以中國的現代化研究為一

生志業的金耀基教授，認為建構「中國現代文明秩序」
是「中國現代化的最終願想」，而這「中國現代文明秩
序」包括以下三方面的內涵：「一個有社會公義性的可
持續發展的工業文明秩序；一個彰顯共和民主的政治秩
序；一個具理性精神、兼有真善美三範疇的學術文化秩
序。」¹ 我認同這樣的論述，相信大多數的中華知識分
子也認同。

　　認同、行走這條現代化道路的中華知識分子，一樣
可以維護傳統，以至回歸傳統。懂得中外七種語言、中
學西學都精湛的現代鴻儒錢鍾書，偏愛舊體詩詞吟詠；
遊蹤遍世界百多個國家、寫過意識流故事的大小説家王
蒙，回頭講他的李白杜甫詩、孔孟老莊思想。倡議「中
國現代文明秩序」的金耀基，毛筆字寫得雋永，從香港
中文大學校長職位退下來後，更日日練字，把傳統的書
法藝術練出飄逸的「飛天」金體文。不廢傳統的中華當
代知識分子，舉不勝舉。其實傳統中國文化和現代西方
文化，絕非方方面面都南轅北轍，都涇渭分明。1986 年
我發表題為《唐詩的現代意義》的論文，説的就是中外
古今詩歌藝術多有相通之處。而事實上，在《談新詩》
一文（1919 年發表）中唾棄舊體絕句律詩的胡適，就寫

過傳統的絕句律詩。如果從宏觀的角度來看，則「東海西海心理攸同」（錢鍾書語），中西文化的相通相同處就更多了。

　　然而，百年來的現代化道路上，中華知識分子走得太急太快太遠的，實在太多。長時期以來，現代化幾乎就是「西化」。五四時期，台灣地區的二十世紀五六十年代，內地的「改革開放」以來，就我這個文學人所見所聞，文學、文化方面的「西化」以至「全盤西化」的不良事例，可說是罄竹難書。在西方，詩是夢囈，是語言支離破碎，是《荒原》（"The Waste Land"）那樣百讀不得其解；小說是意識流，是魔幻寫實，是「反小說」（anti-fiction），是「辭典」，我們中華的詩人、小說家，於是就頂禮學習之。在西方，文學批評是解構主義，是後殖民主義，是後現代主義，我們中華的批評家於是就向大師執弟子禮，都成為「後學」，繼而呈交功課。也因此，眾多中華作家，把諾貝爾獎視為至高無上的文學大獎，對文學該如何創作，唯西方是瞻（請參看本書第二輯相關文章），完全失去自己民族應有的信心。這樣的現代化（西化）過度了，非理性了，與上面所引金耀基的「現代文明秩序」背道而馳。

　　知識分子關心百姓民生，對貧窮疾苦有憂患意識；知識分子關心學術文化，對過度西化有憂患意識。本書第一輯的文章，就是我對中華學術文化過度西化現象深感憂患的表述。我年輕時在香港和西方受教育，有機會觀察、體驗中西文化。學識雖然有限，但「積學儲寶」，讓我可據實作中西的論述；為文立說應有「鋒穎」，但我知道「唯務折中」的重要。理性地並觀中西，讓我知道中國傳統文化的長短優劣；而這個五千年文明古國的文化盡多菁華，包括其文學、其文學理論。我們對自己的文化應有足夠的信心。本書第二輯呼喚「文化自信」的篇章，即源於我大半生對我國文化的學習和思考。

　　我從事文學教學數十年，從事文學評論數十年，對中西的文學理論典籍有相當的認識。基於認識，我稱述我國的《文心雕龍》是偉大的經典；重視它，應用它的理論，代表一種中華文化的自信。[2] 多年來我發表文章宣揚《文心雕龍》，2016 年出版專著《文心雕龍：體系與應用》鄭重彰顯其價值。在目前這本書裏，我不宜重刊舊作，但仍然要選載 1992 年所寫的《重新發現中國古代文化的作用》一文作為例子，以示對此經典的推崇。今年 4 月初，中央電視總台《典籍裏的中國》系列

節目推出《文心雕龍》專輯，讓廣大觀眾知道這本書的不朽經典地位，實在是大好事。

國弱民貧的時代，國人會把貧弱歸咎於固有文化；國強民富的時代，國人會因為固有文化而自豪。具備一般知識的國民，用「勢利眼」對待本國文化無可厚非；知識分子對固有文化的態度，自然要比較理性，要力求「慎思明辨」。當然，我們有文化自信，但不應該有「文化自大」。在發揚《文心雕龍》之際，我一向吸收西方文學理論的營養。本書收入《祥林嫂的悲劇性弱點（hamartia）》一文，主要即在表示我對西方經典文學理論的「拿來」。[3] 當今內地學術文化界強調「文化自信」之際，還提出「文明互鑒」的說法。是的，世界各國應該文明交流、文明互鑒。

本書首二輯《憂患意識》和《文化自信》的篇章之外，有第三輯的《中華當代文學自由談》，泰半是最近幾年完成的新作。當今我國是世界的超大工廠，工商科技各類產品極度發達繁富；在文學方面，中華當代作家的產量，絕對是寰球諸國作家之冠。在中華當代文學的超級大觀園中，任何學者所能觀賞的，都只是千匯萬狀花卉的極少極少部分。過去我出版過多冊中華現代文

學和當代文學的論著，現在再接再厲。我有限的種種閱讀、研究心得，有些寫成學術論文，在研討會上宣讀；有些則撰成或長或短的篇章，筆法不拘一格，筆下時帶性情，語境涉及當下（如《港灣春暖細論文》），都匯集於此。本書三輯的篇章，固然多有「處心積慮」經營的學術論文，也頗有就興趣就機緣的隨喜隨緣之作；這些篇章，我逍遙為之，自由為之，標示着讀書之樂、寫作之樂，更樂於在此與讀者諸君分享其樂。

　　本書的多篇學術論文（那些附有長長註釋的）先後在香港大學、香港中文大學、北京大學、四川大學、台灣師範大學、澳門大學等等多所高校主辦的學術研討會上宣讀；本書中的篇章，曾在香港、內地、台灣、澳門等地的學術期刊和一般報刊登載。在此我要向各主辦方、各刊物主編衷心致謝。文章刊出後，每獲相識或不相識的知音鼓勵，我也要衷心感謝。長長的大名、芳名無法一一列出，乞請原諒。香港中華書局接受本書稿出版，香港藝術發展局資助出版經費，我也只能獻上「秀才」式的謝意。[4]

　　本書的出版，得到聯合出版集團李濟平先生、趙東曉先生、侯明女士、王春永先生直接或間接的支持和幫

助，得到責任編輯黃嗣朝君細心處理書稿及接受建議，我向他們諸位衷心致謝。金耀基教授（我所尊敬的金校長、金公）又一次為拙著賜題書名，使得蓬蓽閃耀金光，我只能又一次說：感謝何似！

二〇二三年五月、十一月

註釋

1　金耀基著《從傳統到現代——中國現代化與中國現代文明的建構》（香港：中華書局，2023），頁 18、19。

2　上文中「積學儲寶」「鋒穎」「唯務折中」等語詞，即引自《文心雕龍》。

3　根據內地的學術時期劃分，魯迅的《祝福》是現代時期的作品，本來不屬於本書論述範圍，納入這篇拙作是個例外。我自問對祥林嫂悲劇的成因有獨特的看法，也是納入它的一個原因。

4　關於本書「現代」和「當代」兩個關鍵詞，這裏略作解釋。根據內地學術研究的分期，中國現代文學指 1919—1949 年的文學；中國當代文學則指 1949 年至今的文學。本書論的中華當代文學，其分期根據內地的說法。不過，

現代（modern）一詞所指時期有不同界定；現代可以把當代
（contemporary）也包括在內。本書篇章的題目中有「現代」
一詞的，即把「當代」時期也包含在內。西方學術界所謂
modern，意義往往更不清晰；有學者認為西方歷史文化的
modern 時期，在四五百年前已經開始了。順便解說本書「中
華文學」一詞：內地、台灣、香港、澳門的學者作家，以
至世界各地的華裔學者作家，其用漢語寫作的文學，都是
本書所稱的「中華文學」。

第一輯

憂患意識

錢鍾書、夏志清、余光中的憂患意識

　　錢鍾書自稱其《談藝錄》為「憂患之書」；余光中則謂他「三十六歲，常懷千歲的憂愁」（見《逍遙遊》）；夏志清論中國現代文學，探討其「感時憂國的精神」。本文解說三人之憂患，是何憂患，其書其文其詩所寫憂患情景為何，並嘗試把其憂患意識放在整個中華當代文學的語境來透視。屈原和杜甫是中國歷史文化中兩位極為「憂國憂民」的大詩人，余光中有多篇詩歌書寫他們，本文會對這些詩篇加以論述。

一、憂患意識：從夏志清的「感時憂國」　說起

　　目前處境困難、艱難甚至已形成災難，或可見的將來處境困難、艱難甚至會形成災難，人對此有所憂慮，

是為「憂患」。「患」是患難、禍患、災難的意思。我國先秦典籍中，關於憂患，有兩個極為重要的陳述。一是《易‧繫辭下》：「作《易》者，其有憂患乎？」二是《孟子‧告子下》：「入則無法家拂士，出則無敵國外患者，國恆亡。然後知生於憂患而死於安樂也。」「生於憂患，死於安樂」的意思是：憂慮禍患則生長發展，安享快樂則墮落死亡。根據《孟子》的說法，則我們必須對未來具有憂患的意識，即使我們正處於相對安樂太平的歲月。《論語‧衛靈公》引孔子曰：「人無遠慮，必有近憂」，成為後世俗語名言，更可能是《孟子》格言之所本，或其引申。這樣說來，則中國人的憂患意識可說是源遠流長了。

憂患可以以個人為對象，也可以以整個社會、整個國家民族為對象。近年中國國家領導人表示國人應該具有憂患意識，主要對象是國家民族。有學者這樣解釋憂患意識：「憂患意識是指一個人的內心關注超越自身的利害、榮辱、成敗，而將世界、社會、國家、人民的前途命運縈繫於心，對人類、社會、國家、人民可能遭遇到的困境和危難抱有警惕並由此激發奮鬥圖強，戰勝困境的決心和勇氣。」[1] 這位學者把憂患意識作為「愛國主

義教育」的一部分，並指出美國日本等的教育，有這樣的思想內容。

　　讀中國歷史，我們知道從古到今，中華民族的興與衰、光榮與屈辱、安樂與禍患，交替出現，愛國之士莫不有憂患意識。即使在太平安樂的歲月，我們也應該「居安思危」。讀外國文學，我至今印象特別深刻的就有但丁（在《神曲》）、馬修·安諾德（在《多佛海灘》）、葉慈（在《二度降臨》）對國家以至人類的危機感，或謂憂患意識。憂患意識不但是中國人的集體意識，也是人類的集體意識；我捨「集體潛意識」一詞不用，乾脆只用「集體意識」，因為它既歷史悠久而且顯然可感。

　　屈原至杜甫至范仲淹至顧炎武，至譚嗣同，中國哪個時代的知識分子沒有憂患意識？五四以來，從魯迅、聞一多一直數過來，哪個現代作家不「感時憂國」？「感時憂國」一詞出自夏志清論文 "Obsession with China: The Moral Burden of Modern Chinese Literature" 的中文翻譯，此詞大抵與「憂患意識」同義。「感時憂國」四個字連在一起，似乎不見於古代典籍，這裏我嘗試對此詞略作詮釋。夏志清這篇英文論文刊載於 1967 年出版的 *China in Perspective* 一書，後來成為夏著 *A History of Modern Chinese Fiction*[2] 的一篇附錄。夏志清的私淑弟子劉紹銘，與學術界多位青壯年友人合作，翻譯夏著為中文；這篇附錄由劉紹銘任教香港中文大學時的高足丁福祥和潘銘燊負責翻譯，題目定為《現代中國文學感時憂國的精神》。丁就讀於英文系，潘則為中文系，二人中英俱優。杜甫詩有名句「感時花濺淚」，陸游詩有名句「位卑未敢忘憂國」（「憂國」一詞也見於其他典籍），「感時憂國」一詞極可能由丁、潘二人融合杜甫、陸游詩句翻譯出來，又得到老師認同而確定。

　　本文講論漢語新文學的憂患意識，只限於三位中華學者作家，包括夏志清，所以先談他的著名文章，作為引子；另外兩位是錢鍾書和余光中。為什麼是這三位？選這三位，可說是個隨意抽樣，也因為我對他們的作品認識比較深刻。我的《文化英雄拜會記》一書，講的正是他們三位的作品和生活。想深一層，說不定他們三位正好各具代表性：錢鍾書（1910—1998）在世時居於中國內地（曾留學歐洲三年），余光中（1928—2017）居於中國台灣、中國香港（出生至 1949 年在中國內地），夏志清（1921—2013）居於美國（1947 年起至辭世），

三人代表不同地域卓有成就的中華學者作家，合起來有
可能成為全體現代中華知識分子的一個縮影。

　　人的思想和行為，受到稟性、教育、時代、環境的
影響，他們三人的憂患意識自然有其形成的背景。本文
嘗試闡釋的是：其憂患意識如何表現出來，他們面對所
「憂」之「患」，可有「激發奮鬥圖強，戰勝困境的決心
和勇氣」，如此等等。

二、錢鍾書：憂患之書《談藝錄》
　　和《管錐編》

　　先說錢鍾書。他 1933 年在清華大學畢業，1935
年得庚子賠款獎學金到英國牛津大學深造，兩年後得
B.Litt 學位，在法國進修一年。1938 年回國，錢鍾書在
西南聯大教學一年，後轉至藍田師範學院教書，於此寫
作《談藝錄》部分書稿；兩年後徙至上海，1942 年此
書完稿，六年後此書出版。在自序中，錢鍾書開宗明義
說：「《談藝錄》一卷，雖賞析之作，而實憂患之書也。」
跟着說：「始屬稿湘西，甫就其半。養痾返滬，行篋以
隨。人事叢脞，未遑附益。既而海水群飛，淞濱魚爛。

予侍親率眷，兵罅偷生。」不用多説，這是個日本入
侵幾至國破家散、人人憂心忡忡的患難時期，這是撰寫
《談藝錄》的時代背景。「憂患之書」就此而言，是國難
時期寫成之書。

　　錢鍾書的小説《圍城》雖然寫的是衣食無憂的知識
分子，時代的動盪、人民的窮困在作品中仍有所反映。
主角方鴻漸等幾個人，從上海前往湖南的「平城」（小説
裏三閭大學所在地），其艱辛跋涉等種種困阻，就與逃
難沒有什麼大分別。我仔細計算他們的旅程，從出發到
抵達，竟然用了二十餘天。這旅程寫出了當時中國的貧
窮落後。（順道一則軼事。余光中自言讀過《圍城》不
下十遍，我曾大膽「考他一考」，問他這一趟旅程所用
日子的數目，他回答不出來。哈哈！）錢鍾書在其舊體
詩中，對日寇侵華帶來的災難，也有哀歎，也憂心未來
的禍患。其《哀望》大概是 1937 年 12 月在歐洲所作：
「白骨堆山滿白城，敗亡鬼哭亦吞聲。[…] 艾芝玉石歸
同盡，哀望江南賦不成。」晚清以來，整個二十世紀中
國的災難，當然不只在日本侵略時期；之後數十年仍然
有各種戰爭、動亂，民生仍然多艱。錢鍾書一生不從軍
不從政，更不革命，對時局只有憂患之感，而無奮鬥圖

強、戰勝困境、為國為民的實際行動。

「國家興亡，匹夫有責」，愛國者應以行動救國，而讀書也可以救國，數學家蘇步青是個著名的例子。錢鍾書愛國是毫無疑問的，他也「救國」嗎？我認為錢氏鍾愛書，鍾愛讀書之外，有寫書「救國」的心願。儘管錢鍾書的書我讀得不透徹（七十多冊的手稿集更無緣好好閱讀），我想他極可能有這個心願。錢鍾書「救國」，「救」的是中國的文化。《談藝錄》是「憂患之書」，《管錐編》寫於大動亂的「文革」時期，何嘗不是「憂患之書」？

五四時期的眾多中國知識分子極端輕視、詆譭中國傳統文化，以為西方文化優異先進，而低劣的文化導致國民的愚昧、國家的落後，因此中國文化必須被打倒。錢鍾書在牛津大學取得 B.Litt 學位，其學位論文探討17、18 世紀英國文學裏對中國的觀察和評論，他深知不少英國文士對中國文化的歧視、偏見。《談藝錄》序謂他談藝時「凡所考論，頗採『二西』之書，以供三隅之反」。「二西」一指西方希臘、希伯來、羅馬以來的西方文化，二指西域的佛教文化；意思是他拿西方文化來和中國文化並觀比較。

通曉七種語言、博極群書的錢鍾書，其讀書的心得，是序言跟着說的「東海西海，心理攸同；南學北學，道術未裂」。這裏我要說的主旨，是前八個字「東海西海，心理攸同」。（「南學北學，道術未裂」中的南學北學，可能沒有特定指稱，是為了和前面八個字對仗。）對此我的解讀是：錢鍾書認為中西文化大同，即中西文化的核心理念和核心價值相同。此處我必須順便鄭重指出：有讀者，特別是目迷於錢著文字之叢林而沒有透視全景的讀者，或是意識裏有讓權威降格、令自已升格的有相當聲名地位的讀者，他們批評錢著，說《談藝錄》《管錐編》裏面只有大量繁雜的知識和議論，沒有大學說，沒有系統理論架構；即所謂只有「小結裹」而缺少或沒有「大判斷」。這是我大大不以為然的。

中西文化大同。如果對中西文化加以比較論述，則兩者應該平起平坐，「我」不低於「你」，「你」不高於「我」。如果有人肆意低貶中國文化，對不起，我錢鍾書要起而還擊。對此一個極為重要的例子是《管錐編》第一篇評論《論易之三名》中，黑格爾因為「鄙薄吾國語文，以為不宜思辨」，被錢鍾書斥罵，說他「不知漢語，[⋯]無知而掉以輕心，發為高論」。錢鍾書之斥罵，非

僅僅由於要「辯證然否」（《文心雕龍》語），而是由於黑格爾的謬論，涉及一個大道理，這就是他跟着説的「遂使東西海之名理同者如南北海之馬牛風，則不得不為承學之士惜之」。請注意，《管錐編》開宗明義提出東西海名理相同説，恰恰呼應《談藝錄》序言所説的「東海西海，心理攸同」——錢氏學説的「大判斷」。

《圍城》諷刺中國知識分子固然不遺餘力，對法國人、愛爾蘭人、美國人也極盡挖苦之能事。在短篇小説《靈感》裏，錢鍾書譏諷歐洲所謂漢學家中文知識的淺薄，順便把諾貝爾文學獎評委嘲笑一番。錢鍾書在其著作中這樣「修理」西方人，其「潛台詞」是：不要以為你們西方人你們西方文化，高我們中國人中國文化一等；你們我們是平起平坐的。

錢鍾書和楊絳夫婦，都是愛國之士。《管錐編》論《離騷》一節，藉屈原的遭遇暗寫自己不離開祖國的原因：「眷戀宗邦，生死以之，與為逋客，寧作累臣。」換言之，愛國的錢鍾書通過他的著述發聲，為中國文化辯護：在文化上，中國博厚精深，是泱泱大國。文化是國家民族的精神養分，中國有與西方平起平坐的文化；中國眼前國力陷於低谷，卻是可以藉着文化養分奮力提升

的，國人不要自卑喪志。愛國包括愛國家民族的文化傳統，錢鍾書用這樣的方式愛國。這兩本大書，加上數十冊的筆記，讓他以海量的證據和論述，也就是他畢生智慧和精力的結晶，講出這個大道理，叫人不得不相信的大道理。《談藝錄》和（後來的）《管錐編》這些「憂患之書」，成於「生病」的中國，是作者發奮著書立說，借用《文心雕龍》的說法，是「蚌病成珠」，成為在文化上使國人建立自信、力求民族減少憂患甚至脫離憂患之書。

三、余光中：憂患之詩《敲打樂》和《鄉愁》

次說余光中。1984 年我第一次到北京，心血來潮要拜訪錢鍾書先生，竟然如願。訪談時錢先生告訴我，他在《人民日報》上讀到轉載的余光中詩作《鄉愁》。這首詩正好讓本文這裏展開對余光中作品裏「憂患意識」的論述。1972 年 1 月 21 日余光中在台北廈門街家裏用了大約二十分鐘的時間寫成《鄉愁》一詩，其末節為：「而現在／鄉愁是一灣淺淺的海峽／我在這頭／大陸在那頭」。淺易的文字蘊藏的是深沉的憂患意識：中國大

陸的「文化大革命」持續進行着，已有種種的破壞、種種的災難，詩人隔着台灣海峽思念大陸，災難何時消除呢，人在台灣何時可以返回大陸呢，憂思不已。

余光中少年時期因日寇侵略而逃亡，甫成為大學生就因為內戰而流離，繼而到了台灣，1964 年 8 月寫的散文《逍遙遊》，抒發即將赴美國講學的心情，他痛心回顧近代中國的歷史：「揚州和嘉定的大屠城」；「阿 Q 的辮子。鴉片的毒氛。[⋯] 我們閱歷的，是戰國，是軍閥，是太陽旗 [⋯]」這裏篇幅雖短，描寫的卻是《鄉愁》裏深深隱藏的中國百年災難的「高清」全景畫面。

現代中國的戰爭和動亂導致人民大量逃亡、流離、飢餓、死亡，而苦難延綿無已。余光中的詩表露憂患意識的，比比皆是。1964 年至 1966 年余光中第二次旅居美國，在美國北部和東部的卡拉馬如、葛提斯堡、芝加哥、紐約、華盛頓等多個大小城市教學和旅遊，眼見美國的文明先進，憂念中國的落後貧窮，情緒激越，1966 年 6 月 2 日在密西根州的卡拉馬如寫了長詩《敲打樂》，是「愛深責切」家國之情的大爆發，裏面有針對當下中國的，更把一些羞恥現狀追溯到兩千多年前：

中國中國你是條辮子／商標一樣你吊在背後／［略］中國中國你跟我開的玩笑不算小／你是一個問題，懸在中國通的雪茄煙霧裏／他們說你已經喪失貞操服過量安眠藥說你不名譽／被人遺棄被人出賣侮辱被人強姦輪姦輪姦／中國啊中國你逼我發狂／［略］我們有流放詩人的最早紀錄／（我們的歷史是世界最悠久的！）／早於雨果早於馬耶可夫斯基及其他

可是，儘管如此，余光中卻認同這樣的一個中國，此詩接續道：「我的血管是黃河的支流／中國是我我是中國」。寫此詩時，大陸的政治境況不穩，所謂「山雨欲來風滿樓」，令人擔憂。兩個月後，毛澤東（於 8 月 5 日）發表了《炮打司令部》的大字報，「文化大革命」由此進入全面發動的階段。

1971 年 12 月起十個月之內，余光中寫了三首詩即《民歌》（1971 年 12 月 18 日）、《鄉愁》（1972 年 1 月 21 日）、《長城謠》（1972 年 10 月 20 日），無不深懷憂患意識。《鄉愁》上面已引述過片段。《民歌》的首節是：

傳說北方有一首民歌／只有黃河的肺活量能歌唱／從青海到黃海／風 也聽見／沙 也聽見

　　這首「民歌」象徵中華民族的聲音，甚至是生命；如果黃河結冰唱不了，有長江；長江結冰唱不了，有「我的紅海」即詩人的熱血；「我的紅海」結冰唱不了，有「你的血他的血」。《民歌》飽含憂患意識，卻同時展現堅強的民族自信，因為後繼有人，命不會絕。《長城謠》的前面部分為：

　　　　長城斜了，長城歪了／長城要倒下來了啊長城長城／堞影下，一整夜悲號

　　寫的是個惡夢，可見連做夢也離不開對國家民族的憂患。長城就和黃河、長江一樣，都是中國的象徵。

　　中國古代詩人中，屈原和杜甫的憂國憂民人所共知。余光中寫詩詠懷古人，對象是屈原的詩最多，從1951 年的《淡水河邊弔屈原》到 2010 年的《秭歸祭屈原》，六十年中幾達十首。2010 年那首長 85 行，在一場面盛大的紀念典禮中朗誦出來，對「長太息以掩涕兮，哀民生之多艱」的三閭大夫盡情刻畫致哀，詩中「秭歸秭歸，之子不歸」兩句的歎息，有如「副歌」，多次重複。「秭歸秭歸，之子不歸／行吟澤畔，顏色憔悴」正是典型的屈原形象；他「沉吟歎息在汨羅江頭／國破

城毀，望不見郢州」。其《離騷》最是這位楚國大夫憂
患意識的傾懷表達，余光中從《離騷》說到自己的《鄉
愁》：「如你，我也曾少壯便去國／《鄉愁》雖短，其愁不
短於《離騷》」。

余光中的憂患之詩，遍佈其一生的十多本詩集；國
家民族的憂患之外，還有對生態環境、對戰爭的。余光
中的環保詩，最為人傳誦的應該是《控訴一支煙囱》，
這裏從略。有人讀《鄉愁》，認為此詩不過爾爾，偶然
讀到《如果遠方有戰爭》（1967 年作品），馬上對余光
中另眼相看。1967 年越南戰爭烽火燃燒，對人類受苦的
不忍之情，詩人這樣述說：

　　如果有戰爭煎一個民族，在遠方／
有戰車狠狠地犁過春泥／有嬰孩在號咷，向母親的屍體／
號咷一個盲啞的明天／如果一個尼姑在火葬自己
／寡慾的脂肪炙響一個絕望／燒曲的四肢抱住涅
槃／為了一種無效的手勢。

說回余光中對國家民族的憂患意識。和錢鍾書一
樣，他不從政也不從軍，更不革命。面對種種禍患災
難，詩人有何反應？有何「奮鬥圖強，戰勝困境」的實

際行動？大概和經歷過安史之亂及其後亂局的杜甫一樣，「不眠憂戰伐，無力正乾坤」；也和杜甫一樣：寫詩。杜甫說「詩是吾家事」，余光中則會說「詩是『余』家事」。散文、評論、翻譯以至編輯作業，也是「余」家事。

　　余光中一生創作，對其文學表現充滿自信，他甚至豪氣萬丈宣稱中國會以他的名字「光中」為榮。在散文《蒲公英的歲月》，他堅持說他「是中國的」，文末是這樣的一句：「他以中國的名字為榮。有一天，中國亦將以他的名字。」（這篇散文以一般少見的第三身「他」敘述。）其詩如《五行無阻》等含有片語「壯麗的光中」，此可解讀為雙關語：詩人被「壯麗的光中」照耀；「壯麗」是余光中作品的風格。余光中的作品獲得各地論者極高的評價，我自己這樣認為：他手握璀璨的五彩筆：用紫色筆來寫詩、用金色筆來寫散文、用黑色筆來寫評論、用紅色筆來編輯文學作品、用藍色筆來翻譯。五色之中，金、紫最為輝煌。他上承中國文學傳統，旁採西洋藝術，於新詩、散文的貢獻，近於杜甫之博大與創新，有如韓潮蘇海的集成與開拓。余光中作品規模博大，影響深遠，是光耀中華的詩傑文豪。[3]

　　文章可看作雕蟲小技，也可稱為雕龍大藝。文學在當今之世，很難成為經國的大業，和不朽的盛事；然而，大文豪的出現，可為一地一國增光。現代西方文化持續強勢，在文學方面，中華作家往往以西方作家的馬首是瞻，認為西方作家成就高超，國人缺乏自信（在漢語作家無人獲得諾貝爾文學獎的時代，崇洋之風更熾熱，自信更低）。余光中吸收中國和西方文學的營養，創出自己的風格，成就自己的大業；這樣的大作家，誠能為中華民族增光。如果西方文學批評界有足夠的「知音」，如果他們不特別看重小說文類，如果中文的國際地位進一步提升，則余光中在國際上有足夠的分量為中華增光。就我閱讀所得，余光中在詩歌上的成就，怎樣會比西方的葉慈和艾略特遜色呢？

四、夏志清：文化的憂患意識

　　關於余光中的憂患意識，夏志清曾在《懷國與鄉愁的延續——論三位現代中國作家》中加以論述（另外兩位是姜貴和白先勇）。[4]

　　夏志清謂余光中深深懷念「祖國舊日的光榮」，

1960 年代在美國巡迴教學時「不斷寫縈懷祖國的詩篇」；指出其長詩《敲打樂》表現「激憤絕望的心情」，「結尾時作者完全投入中國及中國的恥辱」。當然，正如我上面說過的，這是余光中「愛深責切」的憤慨情緒，他雖然感到恥辱，但我要指出，他是認同國家的，上面引述過「他是中國的」一語，以及《敲打樂》中「我的血管是黃河的支流／中國是我我是中國」兩行。此外，在《忘川》一詩（1969 年 3 月寫的，時在香港）裏，余光中感懷百年國恥，曾悲憤地宣稱：「蹂躪依舊蹂躪／患了梅毒依舊是母親」。龍應台就引用過這個句子。

夏志清發表過《現代中國文學感時憂國的精神》一文，約十年後發表文章「延續」討論這個主題，可見他對這個主題的重視。夏志清 1947 年赴美留學，幾年後取得耶魯大學的博士學位，跟着擔任教職，成為美國公民，長期在哥倫比亞大學任東亞系教授，直至退休。他在文學評論和散文裏，常常表示對中華政治社會文化各方面事物的關懷和議論。近年《夏志清夏濟安書信集》五大卷陸續出版，讓讀者看到兄弟二人通訊所談及的生活及其種種感懷。夏濟安對內地和台灣的社會、政治、文化現狀多有不滿，常有牢騷和批評。夏志清關心中國

的事，表達一些憂慮，但沒有強烈的情緒。

　　夏志清寫作《中國現代小說史》，自言其職責是「對優秀作品的發現和評審」（the discovery and appraisal of excellence），至於析論作品中的思想，包括「感時憂國的精神」，他是用一種實事求是的學者批評家態度來探究的。《中國現代小說史》一書和《現代中國文學感時憂國的精神》一文中，其態度都如此。專注論述「感時憂國的精神」的文章裏，夏志清從十九世紀初期的李汝珍《鏡花緣》到二十世紀五十年代的楊朔《三千里江山》，集中探討四篇小說的內容思想；他認為時代不同，國家民族的落後、腐敗、恥辱和振興情勢不同，但其憂患意識普遍存在。

　　指出漢語新文學中的憂患意識之外，夏志清本身也不無對於中國的憂患意識，這見於他對中華人文學術界過度崇洋趨新的風氣，不止一次提出針砭的意見。評論余光中新詩時，他附帶表示台灣新詩晦澀難懂的不滿。他在耶魯讀博士學位時，新批評（The New Criticism）在美國君臨天下，他受到這個派別的很大影響，因此非常重視作品的語言技巧。1950 年代之後，各種文學批評的新主義紛紛上場，那時台灣的年輕學者（包括在台灣的

和留美的）好新驚洋，夏志清認為這是歪風，在《追念
錢鍾書先生——兼談中國古典文學研究之新趨向》一文
中，他推崇錢鍾書《談藝錄》之餘，斥責當時過度西化
的文化現象。這可視為一個華夏子孫對中國文化的憂患
意識。

五、學者作家的文化愛國、文化報國

　　夏志清身為華裔美國公民，他不激情數算、責罵中
國的種種不是，而是以學者的身份作這方面的記述和詮
釋。錢鍾書一生以讀書著書為己任、為樂趣，一方面又
受制於特殊的政治環境，他成為一個有良知有愛國心的
「明哲保身」者，對國家民族的苦難災難不輕易、不直
接抒發情懷。其「憂患意識」是一種「潛」意識，一種
「錢」意識。我猜想，錢鍾書把這種憂患轉化為、昇華
為讀書和著書的文化活動，而又通過「東海西海，心理
攸同」的學說，讓中國文化與西方「平起平坐」，進而
為中國文化的價值發聲。余光中的詩文，憂患意識表現
得最深沉又最激越的，是第二度居於美國時期（1964—
1966 年）及其後。正處於「文革」欲來和「文革」進行

的時代，拿美國與中國對比，對中華民族的愛恨交加、愛深責切，表現得淋漓盡致。和錢鍾書一樣，書生如何為國、如何報國呢？既不從政又不從軍，更不革命；而「國家興亡匹夫有責」，讀書人的責任，在文化愛國、文化報國。

二○二○年十一月

註釋

1　《國外愛國主義教育及其對我國的啟示》，《中國社會科學網》2013-12-13；引用日期為 2014-07-01。

2　1971 年由耶魯大學出版社出版。

3　澳門大學在 2013 年 12 月授予余光中榮譽文學博士學位，在讚詞中譽他為「一棵長青的文化大樹」，其名字已「幾乎家喻戶曉」。

4　此文原文為英文，我缺乏其發表時間和刊物名稱等資料；中文譯本為節譯本，題為《余光中：懷國與鄉愁的延續》，刊於《明報月刊》1976 年 1 月號。

中華現代文化「過度西化」現象略論

百年來中華學術文化深受西方影響，中華學者取西經，西化成風。當代中國發展迅速，國力日益強大，繼續改革開放，在多方面仍取西經。不過，在西化的過程中，不少中華「後學」，勇往直前，只取西經（如只引介西方的教育理論，對中華的提也不提）；不論西經有理無理，唯西經是尚（如對後現代主義的亦步亦趨）；即使西經艱深難念，仍愛西經（如對德里達艱澀理論的推崇）。對這樣的現象，能不令人憂心忡忡？本文舉出人文及社會科學中教育理論、文學創作、文學研究等方面的一些實例，論述這個「過度西化」的現象（或者說症候群）。本文認為：中華學者在取西經之際，應該具有慎思明辨的態度，有獨立思考的能力，而且不應忘記「中經」，也就是中華的傳統文化；西經與中經並觀比照，更能顯出西經或中經的特色和價值；西經與中

經並觀比照，進而匯通融合，更能顯示人類文化宏大的氣象。

　　在煌煌兩巨冊《中國新文化百年通史》（2017 年 12 月南京師範大學出版社出版）的《緒論》中，通史的主編者朱壽桐寫道：「中國新文化充分接受了西方文化的精神營養，同時也承傳了傳統文化的豐富資源。」誠然，中國新文化既「拿來」西方的東西，也必然（或許也是無可避免地）保留了中國傳統的東西。國人在接受西方文化的過程中，有時是太「充分」了，以至過分了，過度了，這正是本文要探究的。本文以文化為論題，文化一詞需要略加解說。上述《緒論》對文化的解釋，頗得我心，謹引述如下：「幾乎所有自然、社會、人文現象都可以用文化加以概括，或者加以描繪」；「人們比較習慣於將文學藝術算作基本的和典型的文化現象，類似於許多政府文化部門所司職責的範圍」。不過，本文的範圍，並沒有概括全部文化現象。名為「略論」，實質確如此。本文只能算是所定論題的一些觀察和思考札記，是就相關論題所舉的一些例子。題目中的「過度」一詞，本文也很難科學地（包括用公式、用數字）定下標準。

一、從哈佛和留美熱說起

　　百年來，中國的學術文化深受西方影響，西化成風，歐美的種種潮流洶湧至中華大地[1]；改革開放以來，仍然如此，影響甚至更深更大。從近年一兩件事情說起。有一次，筆者在北京參加一個比較文學的學術會議，主辦者發給所有與會者一本書作為禮物，人手一冊，書名為《閱讀哈佛》。[2] 贈送一本與哈佛相關，而不是與北大、清華、復旦、台大、港大或東大（東京大學）、新大（新加坡大學）相關的書，因為美國的哈佛大學，以及其代表的學術文化，已成為至尊。主辦者若非刻意尊崇哈佛，就是在潛意識中有此概念，才會贈送此書。這次在京期間，讀到某日《北京晚報》《科教新聞》版的頭條，標題是《金融危機難阻「留美熱」》，其副標題則為《美國高校說明會昨晚舉行 20 分鐘湧入2000 人》。數十年來西方諸國之首的美國及其學術文化，為中國人所嚮往、孺慕，這是又一證明。

　　西方自十九世紀以來，政治、經濟、社會、學術文化等多方面，基本上都領先於東方各國。中國自十九世紀中葉後外患內亂不斷，社會凋弊、國力衰弱，有識之

士倡言現代化，向西方學習，吸取所長，乃是國強民富的必由之路。西方好的，我們都要「拿來」，像魯迅説的一樣。問題是在拿來的過程中，在西化的過程中，西方的善惡利弊並見，要擇善而從，往往並不容易。百年來中國人文社會科學的發展，離不開「西化」「現代化」「全球化」之説，其中的利弊善惡，其過與不及，是個博大的論題。本文論述的重點是西化過程中偏頗、過度的現象，而論述範圍只限於教育和文學兩方面的若干問題，且是舉隅式的，不求全面和周延。筆者在兩岸四地（內地、台灣、香港、澳門）教學，經常來往於其間，關心中華的學術文化；因此，筆者觀察和評論的現象，兼及各地。茲論列如下。

二、過度西化的三個現象

1. 後學前進，只取西經

一位姓陳的華人教育理論學者，曾發表文章，題為《從近代教育理論看高校的全人教育》。他寫道：「教育理念，是屬於全人類的文明遺產。在歷史長河裏，捷克的柯米尼亞斯、法國的盧梭、瑞士的裴斯太洛西、德國

的佛勒貝爾、意大利的蒙台梳利、美國的杜威都在教育
理論上跟全人類分享了他們深邃的智慧,也啟迪了後世
各種教育工作的實踐。」[3] 這位學者是內地、香港合辦
的某學院的特聘顧問,他介紹諸西賢的學說,希望「能
給現今內地與香港大學教育的具體問題索求去向。」[4]
這位華人後學,論的是「全人類的文明遺產」,而取的
只是西方賢達的經;中土古代的孔子以至現代的蔡元
培,全不與焉。上述陳氏的文章中,還提到「近二十年
影響極大、由嘉德拿(H. Gardner)倡導的『多元智能』
教育理念」[5];而哈佛大學嘉德拿(或譯為高德納)教
授的學說,正是香港一位中學校長張先生拿來嘉許、
奉行的「立德」之言。這位張校長曾經隆重邀請先進
的嘉教授到學校傳道授業,宣講其多元智能(multiple
intelligences)──視覺/空間;音樂;語言;邏輯/
數學;人際;自身(自省);身體/運動──理論,以
為教育的南針。這位孺慕西方權威的東方後學,在其
闡述嘉氏學說的文章中,同樣隻字不涉及任何中土的教
育理論。

　　台灣 1990 年代推行的教育改革,其主要策略如以
「能力導向」(包括用「建構式數學」法教導學生)取

代「知識導向」，如注重學校本位課程的設計（包括所謂「一綱多本」的教材編寫），都是東方後學師法先進，向西方取得的經。台灣學者黃光國對這場教育改革批評道：「作為美國學術殖民地的台灣，[…] 有一批教改學者，不分青紅皂白地把美國『最新』流行的學術思想引入台灣。」**6**

香港也有頗類似的崇洋拜西者，尊奉課程設計的多元化思維，推行所謂「一綱多本」政策。不過是一個城市而已，一個科目（譬如中文科），就有十個八個出版社編印面貌內容各異的教科書。美其名為百花齊放，實際上花多眼亂，甚至天下大亂。從前不同學校的同一年級的學生，都讀《桃花源記》《岳陽樓記》，見面時除了電子遊戲之外，還可「談文說藝」，有相同的話題。現在則彷彿巴別高塔（Tower of Babel）建成了，學生們相顧無言——缺乏了共同語言。香港的教育當局，還曾經大力鼓勵中小學教師動手自編教材，不用任何出版社的教科書。每星期授課二十多節的教師，備課、上課、改卷子、寫報告等等，身心均疲，當局還要他們自編教材，讓學生們「愉快地學習」，而他們自己能愉快起來嗎？更不要說自編教材難達專業水平了。教育學院的年

輕教授、教育部的年輕官員，曾跟從美國或澳大利亞或英國某某名師，得其傳授，能不宣揚並實踐其「偉大」「先進」的建構式教學，及自己編寫教材的理念？

　　在文學研究方面，自從後現代主義、後殖民主義理論在西方盛行後，東方的後學更是名副其實的「後學」了。後現代主義、後殖民主義加上其前後出現的女性主義、文化研究、離散理論等等，西方的文學理論之潮，氾濫於中土，甚至淹沒了中土。向西方取經的東方後學，例如內地一位姓謝的批評家，在其《真實在折磨着我們》《通往小說的途中》等文章中，引的盡是西方的理論。[7] 一位香港學者，研究文學史理論的，也只取西經。他這樣撰專文隆重其事地介紹布拉格學派伏迪契卡（Felix Vodicka）的理論：

> 　　伏迪契卡[⋯]的《文學史：其問題與工作》[⋯]是現代討論文學史理論最重要的文獻之一。[⋯]他認為文學史的研究範圍應該包括作家、作品、讀者三個部分。[⋯]他的理論之所以特別值得重視，是因為：[⋯]論作家時他注意的是「文學作品的生成及作品與歷史現實的關係」；[⋯]論讀者時他注意的是「文學作品的接受史」[⋯][8]

　　他提也不提中國古代有關的史學理論。2003 年 12
月，香港大學舉辦「白先勇與二十世紀國際華文文學研
討會」。一位與會學者對該研討會的某篇論文，有下面
的批評：

> 　　論文的焦點大都集中在現代主義、父權、流
> 亡、後殖民、族群、省籍、女性主義等時髦議題
> 上，西方文學理論是主體，而文本倒成了客體。[9]

　　如果說只引西經是一個偏頗，那麼以理論為主體、
文本為客體、為註腳是另一個偏頗了。這一點且按下不
表。內地學者代迅寫道：「援引西方觀點來闡述中國現
象，已經無可爭辯地成為當今中國學術研究中的主導傾
向。」[10] 事實正如此。各種西方文論大行其道，中土盛
行的西經包括「女兒經」：統領風騷最長久的當代文論之
一，是女性主義。陳惠芬、馬元曦《當代中國女性文學文
化批評文選》[11] 一書的「推薦閱讀書目」，列出了 45 本
內地和台灣出版的相關專著。《海南師範大學學報》的一
個主要欄目是「女性文學」，其 2007 年第二期的《西方
女性主義理論在中國的傳播和影響》一文，附錄了兩份書
目。其一是 20 世紀 80 年代初以來國人譯介女性主義理

論的書籍，一共有 44 本；其二是內地女性主義理論主要
研究著作，一共有——數目之大使人驚訝的—— 196 本。

2. 有理無理，西經是尚

　　台灣新銳的教育學者，向西方取經，取得建構式等
理論，並向教育當局獻議，西經獲得接納，成為政策，
乃於 1990 年代在中小學校推出新的教育措施，包括「建
構式數學」「一綱多本」等 ，結果弊端叢生。建構式數
學以台灣「兩百餘萬學生當白老鼠，實驗六年之後，才
匆忙叫停」。[12] 由西方理論主導的台灣教育改革，實施
期間，社會各界反對者眾；2007 年在李敖的抨擊和要求
下，主持教改的諾貝爾化學獎得主李遠哲，終於向民眾
道歉，承認有諸多失敗之處。這正應了黃光國說的「不
分青紅皂白地把美國『最新』流行的學術思想引入台
灣，沒有審慎評估，就［…］全面推行。」[13]

　　香港的教育改革晚於台灣數年。受西方新穎教育理
論影響的年輕學者，其主張獲得主持教育政策者接納，
於是制訂了「學會學習」「學生為本」等指導性教學原
則，以及「一綱多本」等教材編寫政策。筆者在 2000
年代初期參與過出版社中學語文教科書編輯的業務，親

見在西經的主導下，若干語文科教科書編得支離破碎。當時香港的教育當局，在西經的影響下，鼓勵香港數百所中學的教師，棄現成出版社專業編輯的教科書而不用，自行着手為所教的學生編寫教材。專業出版社編寫的教科書，困囿於西經，已多缺陷；由教師業餘來編寫，操作方式頗類似於「土法鍊鋼」，其粗糙簡陋可想而知。唯西經是尚，而西經新卻未必有當，這是又一例證。

　　在文學研究方面，中華後學不問西經合理與否、唯西經是尚者，更舉目可見。一般中華學者運用西方女性主義文論時，總是先引用父權夫權說、女性受壓抑說，然後把這些說法套在某些文學作品上，以為證明。然而，台灣學者龔鵬程認為這樣的女性主義文論有偏差。他的《文學理論和其他學科的關係》一文 [14]，通過大量古代文獻，指出「女性主義理論的缺陷」。不少中華後學一心取西經，且要取最新的西經。筆者親耳聽聞一位北京的學者，在一個講座上發表意見：「多年前我拿心理分析學說來研究中國現代文學；現在心理分析已經過時了，目前流行的是『文化研究』（cultural studies），我已加入了這個新行列。」[15] 他追逐的是一波又一波的西方新潮，至於潮流的水質如何，弄潮兒會否被浪潮沖走以

至遭滅頂之災，他並不加以慎思、明辨。

　　現代（modern）一詞，歐洲四百多年前已出現，這兩個字在漢語裏至少也有百年歷史了。到了今天，「現代」一詞及其概念已不現代。「摩登」（modern 的音譯）已不摩登：卓別林的黑白片《摩登時代》已經褪色，摩登這位魔女已經白髮。一位髮已花白的中華學者，身居學術界高位，行走於海峽兩岸四地，他演講時、著述時，卻仍然不離摩登：上海摩登，香港當然也摩登，台北的 101 層摩天大廈已建成，這城市當然也因摩天而登上摩登了的寶座。不過，摩登還不夠，因為西方的傑姆遜（詹明信，Frederic Jameson）、李歐塔（Jean-François Lyotard）等大師已後摩登，我們的中華學者也必須後摩登。「搞笑」的是，這位中華學者和喜劇明星周星馳對談，大談周氏電影的後現代主義，而周氏一臉茫然，表示不明白何謂後現代主義，不明白他的電影與後現代主義何干。

　　這位中華後學醉心於傑姆遜的後現代主義理論，對西方權威的學說照單全收，其思維近乎全盤西化。傑姆遜說當代人看電影已經不重視情節了，「因為一切情節只不過是為打鬥和科技鏡頭作鋪墊而已，人們只注目於

所謂鏡頭的精華」。這位中華後學對此說深信不疑，並加上註腳，說：不是嗎，在北京，「許多人花費七八美元去看一場名不經傳的電影，就是為了能一睹隨片附送的《星球大戰》的預告片」。[16] 筆者去過北京多次，耳聞目睹所得，北京人似乎沒有這樣多的打鬥迷、特技迷，更沒有豪氣到這樣一擲七八塊美金。當代電影《色‧戒》《海角七號》和電視劇《金婚》都曾經叫座，韓國的電視劇《大長今》更風靡過兩岸四地；它們都沒有什麼打鬥和特技，而且以非常「古典」的亞里士多德所強調的故事情節取勝。然則，我們是「前現代」社會的人了。台灣學者杜維運認為後現代主義是學術思潮的一股逆流，予以批判。[17] 然而，有這種辨識能力、批判精神的中華學者，畢竟是極少數。

　　在文學創作方面，西方現代主義（modernist）的意識流、新小說、反小說、魔幻寫實等寫法，為中華作家所接受、模仿，甚至變本加厲，結果是殘雪、董啟章等人的小說，以及一些所謂現代詩，成為嘗試認識者閱讀時的「夢魘」。劉紹銘的《寫作以療傷的「小女子」——讀黃碧雲小說《失城》》則說了一個對西方兇手亦步亦趨的恐怖故事：「黃碧雲採訪英國一個犯罪學研討會時

得到的個案：一個神智健全的男人把妻子和四個女兒殺死，然後向鄰居自首。原因只得一個：I just don't need them anymore（我只是不再需要他們了）。」黃碧雲的《失城》寫的正是這樣的故事。這樣的「取西經」，簡直叛離人道，簡直邪惡，簡直走火入魔了。

　　黃碧雲最新的小說是 2018 年出版的《盧麒之死》。西方一個小說家曾說，他很想寫一本全部由引文（quotations）構成的小說。黃碧雲「先意承志」，率先寫了：《盧麒之死》正是基本上由引文構成的小說。

3. 西經難唸，仍愛西經

　　另一位後現代（或曰「解構」）大師德里達（Jacques Derrida），也是眾多中華後學孺慕、學習的對象。北京一位資深詩人兼教授鄭女士，對德里達推崇備至，說讀了他的《書寫與岐異》一書，為她「打開一扇全新的思維之門」。令人感到奇異的是，這位詩人學者卻認為「德里達文風古怪，從來不用古典學院的簡明清晰的語言寫作」。既然如此，這位鄭女士讀懂了德里達的書寫嗎？也許詩人有特殊的領悟力，把學術論文當作朦朧詩篇。

　　德里達因其艱澀得人青睞，庫恩（Thomas Kuhn）、

拉岡（Jacques Lacan）亦然。理論掛帥的文學系研究生，撰寫論文時，無理論不歡，且不寬——不能寬心，因為害怕不徵引、不套用某些艱難的理論，其論文就過不了關。「難」才能過「關」，這真是亙古少聞的「難關」。庫恩的「範式說」（paradigm）不管懂不懂、好懂不好懂，用了再說。不用庫恩，就不夠「酷」（cool）了，哪管其理論難懂得「殘酷」寡恩？這殘酷害得蘇州的一位散文研究專家在一個研討會上公開訴苦 [18]：「我搞散文研究搞了數十年，現在不知道如何是好，不知道用什麼理論、用什麼標準。我靠由我指導的研究生來告訴我，要看哪些理論。而這些理論，我都看不懂。研究生寫的論文，我也看不懂。」拉岡的「鏡像說」，也是用了再說；不懂拉岡，卻不能就拉倒，理論大師是必須挺立的。還有，今有明訓：我們讀不懂的理論，才可能是偉大的理論！海峽兩岸四地都有學者崇拜西方艱澀的理論大師，台灣竟有人直言行文簡明清晰的學術論文無足觀，而主張「艱難處理」。[19]

錢鍾書批評過一些中華學者，說他們談文論藝時，常常以「艱深文飾淺陋」（the elaboration of the obvious），並引以為戒。1980 年代錢老給筆者的一封

信，特別值得珍惜，所說仍有警惕作用。信中他談到人文學科論文常濫用術語：「論文中術語搬來搬去，而研究原地不動。」（Technical terms are pushed to and fro, but the investigations stand still.）

　　然而，錢言顯然不合後學，喜歡艱深者，其艱難閱讀、艱難寫作如故。微積分、高級物理學、太空工程學等等理工科，對一般人文社會學者來說，是艱深的學科；艱深的學問才是高級的學問，人文社會科學的學科地位要升級，就要艱深化。——順着這樣的邏輯，某些自卑心作祟的人文社會學者，乃對艱深崇拜起來。1996年美國的 Sokal Hoax 事件，正是這現象的一大鬧劇。紐約大學的 Alan Sokal 教授對當時的「文風」深惡痛絕，於是炮製了一篇長而艱難的「學術論文」，裏面十花十六門的術語充斥，投給著名學報《社會文本》（Social Text），蒙其編委及匿名評審諸公「青睞」通過，予以發表。發表之日，Sokal 預先寫好的惡作劇本末聲明也公佈了。原來其「論文」弄虛作假、胡說八道，一大堆的術語，一大串的徵引，都不過是裝腔作勢、眩人眼目而已。美國的學術界為之騷動。這篇東西的七寶樓台，拆卸下來不成片段，而且材料大都是贗品。[20] 香港有人把

Sokal 戲譯為「騷哥」。

騷哥之後，同類事件仍時有發生，有一宗更涉及理工科。新西蘭一位教授，以蘋果電腦 iOS 操作系統「自動完成」一篇虛構「論文」，投給「國際原子和核子物理會議」主辦者，竟然蒙其接受，獲邀赴會發表。該教授說他所寫「完全不合邏輯」。

三、西經中經的匯通融合

直至今天，西方社會整體的文明，仍然先進於東方的社會。中國自從改革開放以來，社會各方面都有長足的進步，但中國仍然是發展中的國家；西方先進國家值得國人學習的地方有很多，中國的各方面——包括學術文化——應該繼續其西化、現代化或者說全球化進程。百年來在西化的過程中，國人早已討論過全盤西化是否必需、是否可行；國人對盲目西化的反對，也已有共識。問題是：怎樣才算是恰當的西化、中庸的西化？這恐怕很難有答案。因為西化之事不像石油的價格、股市的升跌那樣有明確的數字作為根據。筆者在中西文化交匯的香港長大、受教育，感受到西方文化的種種美善；

在美國讀研究院,則如同向西方取經;然而,筆者目睹中華學術文化界諸般過度西化的現象,難免感到憂感。筆者希望中華學者具有慎思明辨的態度,也就是西方知識分子強調的獨立思考和批判精神,不要一窩蜂、一面倒地西化,不要唯西經是尚,不要為艱難高深而實際上可能詭淺的西經所惑。

筆者還建議中華學者向「錢」看,學習錢鍾書的兼通、打通中西文化,在取西經之際,也取中經——回顧中國的經典,涵泳並取資於中華傳統的文化。錢穆為香港新亞書院寫的校歌說「東海西海南海北海有聖人」;錢鍾書則說「東海西海,心理攸同」。筆者服膺二錢的東海西海說。就以上述嘉德拿的教育理論而言,他所提倡的,豈不就是孔子的因材施教說嗎?他的多元智能理論,其內容與孔子「六藝」的分項分科何其相近:嘉氏的「人際」「自身/自省」相當於孔子的「禮」;嘉氏的「音樂」正是孔子的「樂」;嘉氏的「身體/運動」就是孔子的「射」「御」;嘉氏的「視覺/空間」和「語言」和孔子的「書」同類;嘉氏的「邏輯/數學」正是孔子的「數」。再說伏迪契卡的文學史理論。上面引述過的伏氏說法,基本上通達可信,然而,1500 年前中國的劉

勰在其《文心雕龍》《史傳》篇和《時序》篇，不是已把
編撰史書（包括文學史）的原則、文學發展的規律說得
很清楚透徹了嗎？不是已提供了一個文學史書寫的原型
了嗎？[21] 錢鍾書曾斥黑格爾無知而妄議中國語言文字。[22]
嘉德拿和伏迪契卡不尊孔，不宗中國的經，因為他們不
知道。不知者不罪，而身為中華知識分子，只倡西方理
論，不知先人的智慧，其視野何其狹窄、歷史感何其闕
如！（台灣有人曾認為中國向來沒有「一流的哲學家、思
想家、理論家」，中國就算有教育哲學，如與西洋名家
相較，也是「微不足道」的。[23] 這是某黨某派為「去中
國化」造勢的謬論，我們不必認真對待。）

　　唐三藏往西天取經，西經使中土的文化更為豐沃。
唐代及以後的讀書人，並沒有得了佛教的西經後就忘了
儒、道的中經。唐三藏取西經千多年後，千千萬萬的中
華學者大量地、持續地取西方的各種經，豐富了中國文
化。西經對國強民富有其貢獻，但中華學者不應該忘記
中經——中華的學術文化。因為西經與中經並觀比照，
更能顯出西經或中經的特色和價值；因為西經與中經
並觀比照，進而匯通、融合，更能顯示人類文化宏大的
氣象。現代中華文化的西化現象，本文只做了舉隅式的

觀察和評論，但願本文對過度西化諸種現象——後學前進，只取西經；有理無理，西經是尚；西經難唸，仍愛西經——的敍述和議論，雖「隔」而不「愚」，對國人有參考作用；並希望中華的人文社會科學學術界，在「博學、審問、慎思、明辨」而又中西並觀比照後，有可貴的發現與發展，進而「篤行」之，以造福學術文化界，以至整個社會民生。

二〇一九年

註釋

1　19 世紀的鴉片戰爭，中國慘敗，暴露了國弱民貧的窘境。自此眾多知識分子認為中國文化、社會落後，所謂中西文化交流，主要乃是中國人向西方學習，乃是西方的文化流向中國，中國嚴重地「入超」，出現了「文化赤字」。20 世紀伊始，中國的青年學子，大舉留學西方。1911—1929 年間，利用庚子賠款留美的中國學生就有 1279 人，此外還有略受資助的留美自費生 475 人。中國青年浩蕩向西征，與此同時，西潮滾滾湧入中國。由基督教團體創辦的聖約翰大學、東吳大學、嶺南大學、金陵大學、燕京大學等先

後在大江南北成立，課程等各種制度、思想的西化，不問可知。1896 年由中國人自己興辦的北洋大學堂（其前身為中西學堂），從成立之日起，「完全仿照美國哈佛大學、耶魯大學的課程編排、講授內容，聘美國公理會牧師丁嘉立（Charles D. Tenney）博士出任總教習，負責管理學堂」。這真是魯迅所說「拿來主義」的最佳例證。參閱沈福偉《中西文化交流史》（第 2 版，上海人民出版社，2006 年），第 478、524 頁。

2　張華，《閱讀哈佛》，北京大學出版社，2008 年。

3　陳孟賢，《從近代教育理論看高校的全人教育》，載香港《明報月刊》2008 年 10 月號，第 100 頁。

4　同上書，第 98 頁。

5　同上書，第 99 頁。

6　黃光國，《教改錯在哪裏？──我的陽謀》，台北，印刻出版有限公司，2003 年，第 103 頁。

7　謝有順，《先鋒就是自由》，濟南，山東文藝出版社，2004 年，第 82─111 頁。

8　陳國球，《文學史書寫形態與文化政治》，北京大學出版社，2004 年，第 332─333 頁。

9　參閱香港《香江文壇》2004 年 1 月號第 44 頁的相關報導。

10　代迅，《全球化時代的中國文論何處去？──以文化研究為例》，載饒芃子主編《思想文綜》第 10 輯，暨南大學出版社，第 356 頁。

11　陳、馬編的書於 2007 年由桂林廣西師範大學出版社出版。

12　黃光國,《教改錯在哪裏?——我的陽謀》,台北,印刻出版有限公司,2003年,第109頁。

13　同上書,第103頁。

14　此文在2004年2月15-17日佛光人文社會學院(後改稱佛光大學)文學研究所「第一屆文學理論工作坊」上發表。

15　關於這個談話,可參閱黃維樑,《期待文學強人——大陸台灣香港文學評論集》,香港當代文藝出版社,2004年,第148頁。

16　參閱李歐梵,《中國現代文學與現代性十講》,上海,復旦大學出版社,2002年,第87頁。

17　參閱杜維運,《後現代主義的弔詭》,載《漢學研究通訊》,2002年2月。杜氏寫道:「後現代主義逆流進入史學之中,以勇銳之氣,剽悍之情,毫無同情的攻擊歷史,必欲置歷史於死地而後已。然其所發議論,大半為弔詭之論,似是而非,荒誕不經,真知歷史者必知其非。」(第5頁)

18　這個研討會是2003年12月中旬海南師範學院舉辦的中華散文研討會。

19　黃錦樹在《文之餘?——論現代文學系統中之現代散文,其歷史類型及與周邊文類之互動,及相應的詩語言問題》(《中外文學》2003年12月號頁47—64)的註18中引述了「艱難處理」一語。黃氏謂,其論文《文之餘?》刊出前的審查人有兩位,其一說黃氏此文援用西方某理論來討論,乃是「艱難處理」「大費周章」。黃氏回應審查人的見解時,強調「艱難處理」的重要。

20　蔡仲等譯的《索卡爾事件與科學大戰》（南京大學出版社，
　　2000 年）一書，即述論此事。台灣也出版了關於這事件的
　　專著。香港學者李天命對這類艱難而實訛亂的「論文」極
　　為反感，他用了「學混」一詞來指稱某一類的學者：「廣義
　　文科（人文社科）方面的學混，尤其是哲學、社會學、教
　　育學、藝文批評、文化研究等等領域裏的學混，有下列特
　　徵：（a）語意曖昧［⋯］（b）言辭空廢［⋯］（c）術語蒙混
　　［⋯］（d）隨波逐流［⋯］」參見李著《哲學衰微哲道生》，
　　載《明報月刊》2003 年 8 月號，第 48 — 56 頁。艱難文
　　論之風，在海峽兩岸三地的文學學術界吹了多年，頗為猛
　　烈。正在哀文論多艱之際，筆者讀到美國文論界老將布扶
　　（Wayne Booth）的一封書信，精神為之一爽。布扶越洋飛來
　　的是一封公開信，題為《致所有關心文學批評前途的人》。
　　信函刊登在 2004 年冬季號的《批評探索》（Critical Inquiry）
　　上。布扶長期任教於「詩家谷」（Chicago）大學，現為該校
　　榮休教授（professor emeritus）。他趁美國文論界群英谷中論
　　劍之際，發表此函，筆鋒所及，我相信已刺痛刺傷了當代
　　不少名家及新秀，乃至刺出了日後一些文壇恩怨。在公開
　　信中，他謔稱自己是老笨蛋。這個老笨蛋和它相熟的一些
　　老讀者，讀着時下《批評探索》的眾多文章，全然摸不着
　　邊際，被嚇跑了。布扶常常擲卷興歎。太息之餘，他苦苦
　　勸告《批評探索》的編委：你們「不能完全看懂的論文，
　　就不要發表，即使論文作者是名家」。有艱難的文論，乃有
　　艱難的論文。讀者讀不懂，文論和論文，雖多亦奚以為？
　　難怪布扶公開信發表之日，也是《批評探索》主辦的座談
　　會舉辦之時，引來了《紐約時報》的貶抑性報導：「最新的
　　理論就是理論沒有用」。

21　美國的一些暢銷書說是寫出了人生或者工商管理的大道理，其實往往卑之無高論。試舉一例。《誰動了我們的奶酪》（原著書名為 *Who Moved My Cheese?* ）一書曾轟動於內地所有的新華書店，「全球銷量超過二千萬冊」「全球第一暢銷書」的宣傳語句四處張貼且張揚。中國人喜吃水餃，或者蝦餃，也嗜粥，從粵人的艇仔粥到王蒙的「堅硬的稀粥」，各具風味。Cheese，即「芝士」，即「奶酪」，大概是少數「北京人在紐約」適應了環境後的新食物。國內嗜好奶酪的應該不多，為什麼手指大動爭購《誰動了我們的奶酪》中譯本的同胞卻極眾？《奶酪》說兩個小老鼠和兩個小矮人得到一塊奶酪，享而受之，但不久奶酪被人搬走了，不見了。他們或馬上尋找新的奶酪，或唉聲歎氣，不知如何是好。歎息者後來終於鼓起勇氣，尋找新的奶酪，最後成功了。作者用淺白的語言，圖文並茂地講述這個故事，並列出它的教訓，包括：1.「變化總是在發生：他們總是不斷地拿走你的奶酪」；2.「預見變化：隨時做好奶酪被拿走的準備」；3.「儘快適應變化：越早放棄舊的奶酪，你就會越早享用到新的奶酪」；4.「做好迅速變化的準備，不斷地去享受變化」。這些「教訓」都有道理，不過，都是老生常談罷了，咱們古今聖賢都是這麼說的。1 不就是變易（《易經》之易）、變動不居、「好花不常開，好景不常在」「變幻才是永恆」之意嗎？2 不就是「居安思危」「創業難，守業更難」之意嗎？3 不就是「聖之時者」「識時務者為俊傑」之意嗎？4 不就是「未雨綢繆」「凡事預則立，不預則廢」之意嗎？大眾趨向奶酪，使水餃、蝦餃都失色，《奶酪》一書截至2002 年為止在內地賣了數十萬冊，就因為這本 1998 年初版的英文原著，從德士古到 IBM 近百個美國大機構員工奉

為營商的圭臬，甚至成為「聖經」。（如果《奶酪》真的這樣「神」，真的如此法力無邊，那麼美國當年的經濟就不會那樣低迷，以致於 2008 年出現了恐慌性的金融海嘯、經濟不景氣了。）

22　參閱錢鍾書，《管錐編》（北京，中華書局，1979 年）第一冊首二頁的評論。

23　參閱 2004 年 12 月 28 日台灣《自由時報》的《自由廣場》版的相關文章。順便說明一下：本文所述的一些過度西化現象，沒有註明出處；這是因為當時的筆記不夠完整，漏記了一些資料。

中國逆差、歐美順差的「文化貿易」

—— 略述文學和文學理論的若干例子

一、批量輸入莎士比亞和女性主義

在中國現代化的進程中，學術文化的國門經常大開，引進了西方（歐美）的各種文學作品和文學理論。百年的開放，豐富了中國的文學和文論；歐美的種種，美的我們容納；不美的我們往往也加以包容。

從荷馬到海明威（from Homer to Hemingway），從莎士比亞到沙特（from Shakespeare to Sartre），我們都引入、都翻譯、都閱讀、都研究、都非常歡迎。中國文學文化從屈原到李白杜甫到曹雪芹到魯迅錢鍾書，西方讀者知道的、閱讀的卻沒有多少；當然也有研究的，但只限於少數的漢學家。

中華各地學者中，多的是莎士比亞專家，翻譯其作

品，研究其作品，教習其作品。我們尊他為莎翁，把其
劇本改編為電影為舞台劇為地方戲曲。在香港，就有人
把 *Hamlet* 改編為《王子復仇記》，以唐末五代的宮廷鬥
爭為背景。更有人把 *Macbeth*（《馬克白》）改編為廣東
大戲，名為《英雄叛國》。當年我觀看演出時，身邊的
阿公阿嬤津津有味全情投入欣賞，以為那些粵劇名伶演
出的是中國古代的故事，而不是改編的英國歷史戲劇。
莎士比亞全集的中譯，早就出現過不同譯本；*Hamlet* 的
中譯本更多，香港就有學者重新迻譯，並加以詳盡註
釋，煌煌然推出上下兩冊共六百多頁。

「級別」比不上莎士比亞那樣高的英國詩人如華茲華
斯（William Wordsworth），其厚重傳記中譯本今年推出，
還參加深圳 2021 年「年度十大好書」的競逐。又如濟
慈（John Keats），如葉慈（W.B.Yeats），其詩常有多種
中文譯本。葉慈的《當你老了》（"When You Are Old"）
是個例子，愛此詩的年輕炎黃子孫都能琅琅背誦其詩或
哼其歌。詰屈聱牙的《荒原》（"The Waste Land"），則
有不少高級的粉絲。《荒原》作者艾略特是得過諾貝爾獎
的大詩人，影響遍及全球，國人引入而崇拜之。《荒原》
的中譯本已多，有學者近年仍傾全力精心再譯。艾略特

的論文《傳統與個人才華》（"Tradition and the Individual Talent"）中譯本更多達十個八個（也許還不止）。二十世紀八十年代的華夏新潮詩人，服裝必喇叭其褲，言談則必艾略特其人（四川的流沙河這樣記述）。近年有內地大學的文學系，致力從事中西文學交流和影響研究；有博士論文竟然以「英語世界的艾略特研究」為研究對象——可見國人視野非常開闊，卻也似乎有點像粵語所謂的「撈過界」了。

艾略特既是英國作家，也是美國作家。說到中華各地學界對美國文學以及俄法德意等國文學的翻譯、介紹、研究，情景或溫馨或熾熱，也是「罄竹難書」的。舉一二例子。海明威的 *The Old Man and the Sea*（《老人與海》），從 1950 年代的余光中到最近的李繼宏，數十年來的中譯者可能多達十個。誕生於兩百年前 11 月 11 日的陀思妥耶夫斯基（1821.11.11—1881.2.9）也深受愛戴，某大出版社 2021 年推出了關於他的一大套書，有人在 11 月 11 日對此廣而告之，成為「雙十一」的一項盛事。我們讓這俄國作家再「輸入」得多麼合時，多麼有商業頭腦。

　　中華各地引入並包容了形形色色的西方文學，對西方的文學理論同樣熱烈歡迎。20世紀是人文學的「主義」（isms）時代，文學文化的馬克思主義、心理分析、女性主義、新批評、神話原型論、結構主義、結構主義、後殖民主義、新歷史主義等等，悉數被國人包容。大概在二十年前，某學報一篇論文附錄了一百多種國內出版跟女性主義有關的書名；這些書有的是外文原著的中文譯本，多數是國人論著。當時得令的女性主義文學論評，撐起了整個中華文論天宇的半邊天。歐美一些影響較大的文論家，成為當今國內文學系好些博士生研究的對象，一個例子是格林布拉特（Stephen Greenblatt）。關於他的博論，我曾是個校外考試委員；博論要出版，我還為此書寫了序言。格林布拉特喜歡創造新術語，博論中對其術語的意義，是否全然了解，我有點疑問。關於文論，這裏依然只是略舉數例而已。

　　西方輸出文化，我們大量「入貨」。有時是成批的「量購」，如上述的莎士比亞和女性主義文論，情形真是英語所謂的 in a whole-sale manner。入口貨品之多，可裝滿巨大的集裝箱。

二、《紅樓夢》「西遊記」？《管錐編》只有 「limited viewers」

　　我們的文學，出口的情形如何呢？西方漢學家當然研究、翻譯屈原李白杜甫蘇東坡曹雪芹以至魯迅王蒙等古今很多作家。西方大學裏的文學教授如何「接受」他們呢？夏志清曾感歎道：余國藩十年辛苦不尋常，翻譯並註釋了《西遊記》；大學裏英文系如有教授興趣廣泛，獲得贈書，或慷慨買了此書，多半也只是束之高閣而已。一般的文學愛好者對《西遊記》或者 *The Monkey*，則是聞所未聞。林以亮曾有書名為《紅樓夢西遊記》，論《紅樓夢》在西方的被「接受」。可能這塊文字的石頭（《紅樓夢》又名《石頭記》）太大太重了，在西方之遊既不遠也不深入。

　　《詩經》《楚辭》李白杜甫的情形也沒有令人驚喜之處。今年初英國的 BBC 推出了一部杜甫的影片，稱杜甫為中國最偉大的詩人。中國人知道有此影片，高興了好一陣子。子美誠然是詩美的極致，可是英國美國的老百姓有多少人聽過杜甫這個名字呢？如果說到這位大詩人，所發聲音像「豆腐」，那麼歐美人士也許會想到唐

人街的中國食品。

2016 年欣逢中西兩個戲劇家湯顯祖和莎士比亞逝世 400 周年紀念。中國學術界並觀兩個作家，展開比較文學的論述。在西方，文學學術界之知道湯顯祖者極寡，當然更沒有「並觀」這種雅事。白先勇把《牡丹亭》青春化，曾在紐約搬演崑曲《牡丹亭》。湯顯祖此劇在合眾國有過「良辰美景」，奈何繞樑三夜的典雅崑曲，在大都會「草木榮華之飄風」，一陣而已。

最近有學者撰文談錢鍾書，小標題出現了《圍城》在英語世界影響深遠的話語。我愕然，向該學者詢問。他說標題是編者擬的，身為作者，他並沒有這個意思，因為事實並非如此。

中國在輸出文學理論方面，數量比文學作品更少。從陸機到王國維，其理論仍然只停留在漢學家的研究室內。有一本文論選集名為《諾頓理論與批評選》（*Norton Anthology of Theory and Criticism*），書名看來涵蓋全球，其實收的文章只限於西方。此書第二版（2008 年版）初次選入了一個華人理論家的文章，有華人學者高興得撰文宣講此事，幾乎要開香檳放鞭炮慶祝了。龍頭傑構《文心雕龍》雖然有好幾種西方語言的翻譯，其在西方

的「接受」程度，比起古代經典亞里斯多德的《詩學》和現代名篇如上面提到的艾略特《傳統與個人才華》，只能說其對比是戲劇性——或如現在愛用的詞兒「史詩級」——那樣強烈鮮明。

　　錢鍾書《管錐編》的英文選譯本 1998 年出版，印了 1500 冊，書名是 *Limited Views*: *Essays on Ideas and Letters*。1500 冊，只是《詩學》和艾略特文集印刷量的一個零頭。初版的這本 *Limited Views* 似乎至今沒有再版。此書讀者有限，我可以戲改書名來形容：limited viewers！我研讀錢鍾書的《談藝錄》和《管錐編》等著作，認為他的中心思想是「東海西海心理攸同」八個字。極其淵博的錢鍾書，其在闡釋人類文化上的貢獻，怎會比西方人文學「大咖」佛萊（Northrop Frye）或李維史陀（Claude Levi-Strauss）等人遜色呢？而錢鍾書受到西方知識界怎樣的「鍾愛」、接受？發生過怎樣的影響？十多年前溫家寶總理在英國訪問時談文化交流，說很多中國人都讀過莎士比亞的書或看過改編自其劇本的影視，最少聽過這個鼎鼎大名；溫總理希望多些英國人認識了解中國的文學、文化。

　　每年十月諾貝獎公佈得主名字，2021 年文學獎得主

是阿卜杜勒-拉扎克・古爾納（Abdulrazak Gurnah）。記者就此事訪問小說家畢飛宇。畢飛宇說，得主相當「冷門」，但譯林出版社畢竟翻譯過其部分短篇小說；「相較之下，中國的諾獎得主莫言則只有極少數海外讀者知曉，了解程度不過是知道他筆下的中國是『紅高粱式』的中國，有着『紅高粱式』的文學。不要覺得我們有了莫言，就有了名氣，我到國外參加多少次學術會議，只有中老年漢學家知道你，其他作家根本就不知道你。」根據我多年來的觀察和體會，畢飛宇說的不是流言蜚語，而是實情實事。

三、輸出的應該是中國的「家珍」

即使中國文學文化輸出了，但強度廣度氣度不足，人家如何接受如何包容？而最大的不足是「靠山」不夠強大。靠山有兩個，一是語言，一是經濟，而二者關係密切。當前中國經濟發達，引起世界各國對中國的興趣，希望多了解中國。如果經濟發達冠於全球，則各國更要和中國加強貿易關係，因而更要學好中文以利溝通，以利討價還價；各國會深入認識中國文化，可能會敬之重之，

並藉此嘗試從中國文學文化了解中國何以能夠如此「崛起」。這時中國文學文化的輸出，形勢應會變得美好，我們當然更要利用大好機會向西方宣傳推廣。

　　怎樣宣傳推廣？方式和方法自然很多。這裏參看一下超級強國美利堅在文化輸出方面如何「美」如何「堅」地以「利」謀之，僅述港台二三事例。1950 年代開始，美國在香港出版《今日世界》，發行美國文學中文翻譯叢書；美方請台港名家從事編撰譯，書刊編印精美，稿費出手慷慨，售價低廉。在台北曾大手筆舉行美國詩歌中譯比賽，獎金豐厚；其中一個例子是翻譯美國詩人 Archibald Macleish 的詩 "Ars Poetica"（《詩藝》）。我在香港就受過以上輸出的影響，其「綠背」（green-back）文化進入了我的腦袋。其他香港人所受的影響，不難在調查統計後得知。錢能否通神很難說，錢真的能通文。

　　我國在「文化貿易」方面，各種文化輸出都要花費巨額金錢不在話下，只是全球幾百個孔子學院就要花費多少個億的人民幣或者美金，辦一個精彩繽紛的中國文化節又要花費多少。講輸出，更要考慮的是輸出品必須是「乾貨」。對此有兩個關注點。一是要輸出有中國特色而不太難為西方理解、明白、欣賞的經典和名著。舉

個例子，有華裔學者曾向上面提過的《諾頓理論與批評選》推薦選入《文心雕龍》的《風骨》篇。「風骨」這個文論概念確有中國特色，可是《風骨》篇連百年來中國的龍學專家都解讀不了，對其含義眾說極為紛紜，我們怎樣向西方學者（不要說普通讀者了）說清楚什麼是「the wind and the bone」啊！這塊骨頭太硬了，西方人啃不動，甚至會啃壞了牙齒，啃倒了胃口。

二是譯文必須上乘，如果貪便宜隨便請人翻譯，則譯文粗糙甚至錯錯漏百出，這樣傳出去的只有「家醜」。我就看過這方面的多個惡例，且按下不表。翻譯是難事。曾有外交部翻譯員把中國人重承諾的「一諾千金」直接翻譯，結果是外國政要當真以為所說有一千兩黃金的價值而開懷大笑。近年名言「綠水青山就是金山銀山」也極難翻譯。總之，千萬不要在輸出時由於翻譯等因素把「家珍」變成「家醜」。

四、高妙推銷，消弭文化貿易赤字

以上一二兩點都關注了，都儘量處理好了，而難題還是存在。宣傳和推廣是技術也是藝術。文學文化這些

所謂「軟實力」，軟綿綿的，軟銷和硬銷兩種方式要兼
用，推銷技藝要高而且妙。如果西方有可觀數量的知名
學者，認識且欣賞到中國文學文化的優異處，而主動呼
籲該國的教育體系和文化體系納入中國文學文化，這對
我們輸出文化而言，自然是上上大吉的事。如果西方這
種主動吸納表現不彰，則我們就要自己努力推銷了。首
先，文學作品和文化知識，應促使西方各國的教育部門
引入到小中大學學生的教材，如此方能讓西方青年對某
些方面的中國文學文化留下深刻（而且希望是良好）的
印象。其次是鼓勵西方的教師們、KOL 們和各種新舊媒
體都出「法寶」推薦這些東西（如上述舉辦翻譯 "Ars
Poetica" 的比賽），使得這些東西入受眾的腦，上受眾的
心。西方文化至今仍是強勢文化，處於弱勢的我們輸出
文化必須花費人力物力和聰明智慧方能成功。

　　還有更難的，是時代因素。我們的時代，全球古今
各個文明的資訊早就爆炸，早就過剩，要吸引眼睛和耳
朵來接受弱勢文化的特定資訊，愈來愈艱難。音樂舞蹈
電視電影這些表演藝術，具聲色之娛，較為容易吸引受
眾。文字產品嗎，今古外中的書海墨浪濤濤洶湧不斷，
讀者難覓，知音更難逢。

目前中國的物質產品貿易，是出入口平衡，甚至是我國順差而歐美逆差。面對百年來中國逆差、歐美順差的「文化貿易」，該如何縮小差額，達至平衡？國人只有在百年未有之大變局中逆流迎難而上，共同努力。

二〇二一年十一月

第二辑

文化自信

讓「雕龍」成為「飛龍」

　　文學反映文化的方方面面，有如人生社會的萬花筒，閱讀文學有助於我們對人生社會的認識。文學是文字的藝術，閱讀文學有助於我們語言文字能力的提升。文學的功能極大。我們閱讀文學、研究文學，因而有文學理論、文學批評。古今中外的文學理論批評論著，因為文明日進而數量日多，佳作傑篇不勝枚舉；在其中，劉勰《文心雕龍》是我國古代文論著作的龍頭。它「體大慮周」，理論高明而中庸，具有貫通中外的普遍性、涵蓋古今的恆久性；1500 年前劉勰雕出來的這條龍，到今天仍然精美耐看，靈動多姿。

　　上面說「文學的功能極大」，《文心雕龍》首篇《原道》的首句「文之為德也大矣」，正可作這樣的解釋。情是文學的原動力，英國 19 世紀詩人華茲華斯（W. Wordsworth）說「詩是強烈感情的自然流露」，《文心雕龍》《明詩》篇早就說：「人稟七情，應物斯感，感物吟

志，莫非自然。」人生有悲情苦情，文學中有悲劇，西方有「文學乃苦悶的象徵」說，有「昇華」說，有「詩好比害病不作聲的貝殼動物所產生的珠子」說，而《才略》篇正有說「蚌病成珠」之論。現代學者錢鍾書重視辭采，以「行文之美」「立言之妙」為文學之為文學的極重要條件；《情采》篇早就說：「聖賢書辭，總稱文章，非采而何？」采就是文采，劉勰指出，連聖賢以思想、義理為重的書寫，也是講究文采的。

文藝青年常有的苦惱是：「我有很多想法、很多意念，簡直上天下地飛舞着，卻不知道怎樣才能寫出來，成為好文章！」《神思》篇早已回答：這是因為「意翻空而易奇，言徵實而難巧」啊！文藝青年接着可能問：「有幫助我寫得好的辦法嗎？」《神思》篇好像已知道有此一問，給作者的建議中，包括要他「積學以儲寶，酌理以富才」；而 20 世紀艾略特（T.S. Eliot）的「25 歲後繼續寫詩，不能單靠才華，還要具備歷史感」說（即要提高文化水準，包括多讀文學經典）、王蒙的「作家學者化」說，簡直可當作劉勰理論的迴響。

文章難寫得好，評論作品就容易嗎？現代西方的文學理論家，極言讀者的背景、興趣不同，對作品的反應

往往大有分別，於是有所謂「讀者反應論」以剖析相關現象；其實《知音》篇早就觀察到，不同口味的讀者，有相異的反應：「慷慨者逆聲而擊節，醞藉者見密而高蹈，浮慧者觀綺而躍心，愛奇者聞詭而驚聽。」《知音》篇進一步提出積極的建議：我們只有力求客觀了，那就是要操千曲、觀千劍，因為「操千曲而後曉聲，觀千劍而後識器」，博觀才能減少主觀。為了避免「各執一端」「褒貶任聲」，劉勰還勸我們不走捷徑，而用「笨」法；這個「笨」的辦法是，從「位體」「事義」「置辭」「宮商」「奇正」「通變」六個方面去觀察、分析、評價作品。

《文心雕龍》還有其他種種對文學的意見，包括文學的源頭是什麼、文學有哪些體裁、不同體裁作品的特色風格為何、作者怎樣修辭謀篇、文學的功能為何，如此等等。它是中國古代的文學理論大全，而其多種理論到今天仍然可用，甚至讓我們覺得煥然如新；譬如我們可以用上面提到的「六觀」法，來分析評價古今中外多種多樣的文學作品。我有一篇長文章，題為《「情采通變」：以〈文心雕龍〉為基礎建構中西合璧的文學理論體系》，通過中國和西方文學理論的比較，並建構體系，說明這部古代經典的偉大。

　　《文心雕龍》《宗經》篇這樣解釋「經」（經典）：「經也者，恆久之至道，不刊之鴻教也。」意思是：「經，就是恆久不變的根本道理，不可改變的偉大教導。」我們知道，人文學科和社會科學的理論，很難是絕對的、恆久不變的；然而，作為「龍的傳人」，我們認為《文心雕龍》的諸多理論，普遍性、恆久性兼備，有其不可磨滅的巨大貢獻。書名《文心雕龍》可作這樣的解釋：劉勰告訴作者怎樣把他的思想感情，也就是「文心」，通過各種妥善的修辭手法，自然生動而又精美巧妙地表現出來，像「雕龍」一樣；也告訴讀者，怎樣通過理解和分析，把作品的「文心」和「雕龍」發現出來。

　　希望年輕一代的文學系學生，學習《文心雕龍》有所得益；有志成為「龍的傳人」者，則愛讀它之外還研究它，把握它體大慮周、高明中庸的內容，發揚它的理論，並活用於文學批評，讓這尊「雕龍」在中西文學理論的天宇，成為一條飛龍。

二〇一七年春

「重新發現中國古代文化的作用」

——用《文心雕龍》「六觀」法析評白先勇的《骨灰》

　　《文心雕龍·知音》的六觀法是照顧周到、切實可行的批評理論。本文嘗試把六觀法應用於現代文學的批評，以白先勇的短篇小說《骨灰》為例。在說明《骨灰》的位體、事義、置辭、宮商之後，本文論述其奇正、通變時，改用《文心雕龍·辨騷》的語句，這樣說：「白氏小說者，體憲於中外，風雜於當世，乃說部之新變，而現代之英傑也。觀其骨鯁所樹，肌膚所附，雖取鎔經意，亦自鑄偉辭。」而《骨灰》「白風」明顯，是當代一篇沉鬱耐讀的上乘之作。本文藉此說明《文心雕龍》的理論，可古為今用。

一、《文心雕龍》的六觀法

劉勰的《文心雕龍》成於公元五、六世紀之交，其中有一篇名為《知音》，討論的是批評的理論和方法。劉勰理想中的批評態度是「平理若衡，照辭如鏡」，為此，他提出批評時要注意的六個方面如下：「一觀位體，二觀置辭，三觀通變，四觀奇正，五觀事義，六觀宮商。」劉勰認為用這六觀法去析評作品，就能分別其高下──「斯術既形，則優劣見矣。」

《文心雕龍》涉及的文類很多，但主要的是詩歌和散文兩大類。《文心雕龍》是一千五百年前的文學批評專著，劉勰寫作此書時，心中並沒有我們今天所謂的小說。用《文心雕龍》的六觀法來析評二十世紀八十年代的小說，譬如白先勇的《骨灰》吧，行得通嗎？能顯出作品的優劣嗎？中國這個古代的理論，能運用於現代的作品嗎？

歷來學者對「六觀」的解釋，不若對「原道」「風骨」那樣眾說紛紜，不過，也不是沒有歧見的。例如，大家對「位體」的理解，就頗有分別。筆者綜合各家的解說，加上自己的意見，嘗試用現代的辭彙，來說明「六

觀」。為了方便討論，且看起來更為合理，筆者大膽地
把「六觀」的先後次序，加以調整，於是形成了這樣一
個「現代化」了的六觀說：

第一觀位體，就是觀作品的主題、體裁、形式、結
構、整體風格；[1]

第二觀事義，就是觀作品的題材，所寫的人、事、
物等種種的內容，包括用事、用典等；

第三觀置辭，就是觀作品的用字修辭；

第四觀宮商，就是觀作品的音樂性，如聲調、押
韻、節奏等；

第五觀奇正，就是通過與其他作品的比較，以觀該
作品的整體手法和風格，是正統的，還是新奇的；

第六觀通變，就是通過與其他作品的比較，以觀該
作品的整體表現，如何繼承與創新。

《知音》篇對於六觀，只是舉出名稱，而不加解釋。
不過，在《文心雕龍》其他篇章裏，我們可以找到很多
與六觀有關的文字：

一、《情采》篇論及情，即主題；《熔裁》《附會》《章
句》諸篇論及結構；《定勢》論及整體風格；此外《文心
雕龍》全書有二十篇左右論及各種詩文體裁。

二、《事類》篇論及用典、用事。

三、《章句》《麗辭》《比興》《誇飾》《練字》《隱秀》《指瑕》論及用字修辭。

四、《聲律》篇論及音樂性。

五、《定勢》《辨騷》篇論及正統與新奇。

六、《通變》《物色》《辨騷》篇論及繼承與創新。

以上所舉篇名，只就其重要者而言，實際上不止這些。此外要說明的是，第二、三、四觀，可合成一大項目，以與第一觀比照。這個大項目就是局部、組成部份、局部肌理（local texture），以與第一觀的全體、整體大觀、邏輯結構（logical structure）比照。[2] 劉勰論文，非常重視局部細節與整體全部有機性配合；事實上，「置辭」與「事義」息息相關，而此二者，加上「宮商」，乃構成整篇作品的「位體」，或者說這三者都為「位體」服務。我們也可以反過來說，「位體」決定了「事義」「置辭」和「宮商」。第一至第四觀，乃就作品本身立論；第五觀「奇正」，第六觀「通變」，則通過比較來評論該作品，用的是文學史的角度了。向來解釋「奇正」，多不能使人愜意。「奇正」與「通變」二者，分辨起來，又頗不容易。也許我們大可不必強為劃分，就把它們當

作用比較、用透視的方法來衡量作品的整體風格和成就
好了。

二、《骨灰》的位體、事義、置辭、宮商

　　白先勇是位量少而質高的小說家，他的作品在
海內外眾口交譽。他的短篇小說，三十年來共發表了
三十多篇。二十世紀八十年代的短篇，只有一個，就是
一九八六年十二月發表於《聯合文學》的《骨灰》。[3]

　　《骨灰》寫兩代中國人的故事，空間橫跨中國內地、
台灣和美國。故事的敘述者羅齊生，是個工程師，在紐
約的一間美國公司工作，年紀四十多歲。他的哥哥在上
海，他的堂哥及堂嫂，也住在美國。上一代的人物主要
有三個：羅齊生之父羅任平，原為上海交通大學的數學
教授，「文革」期間勞改，一九七六年初去世。羅齊生
的大伯（即羅任平的哥哥）羅任重，原為國民黨軍官，
一九四九年到了台灣，七〇年代初與妻子到了美國，先
住在兒子家裏，後來搬出來自己住。此外，還有羅齊生
的表伯龍鼎立，年輕時是「中國民主同盟」健將，後來
是優生學名教授，一九五七年被打為右派，以後受盡折

磨,最近來了美國。

　　故事發生在三藩市羅任重的家裏。羅齊生從紐約坐飛機到三藩市,準備再飛上海,參加交通大學為其父親開的追悼會。他在三藩市停留一夜,乃為了探望大伯。在大伯的家裏,羅齊生見到了剛從上海來此,擬轉赴紐約的龍鼎立表伯。羅齊生的父親,死後多年才被找到了骨灰,不久將舉行安放儀式。大伯年紀老邁,説將來自己死後,要齊生把他的骨灰統統灑到海裏去。龍鼎立表伯這次來美國,身邊帶着剛去世的妻子的骨灰,要在美國找個安息的地方。而他本人也要在紐約好好找一塊地,以備百年歸老時之用。骨灰,骨灰,骨灰,成為這篇小説的話題,也構成了它的主題。內戰、革命、鬥爭,羅任重經歷過這些,目睹了這些,撫今傷昔感慨最深,他説:他從前殺的雖然「都是漢奸、共產黨,可是到底都是中國人哪,而且還有不少青年男女呢。殺了那麼些人,唉——我看也是白殺了。」又對龍鼎立説:「我們大家辛苦了一場,都白費了——」上一代的這幾個人,死的死,老的棲身異國,行將死於斯,有國而不歸,年輕時都是熱血沸騰的愛國者啊!由此我們看到了《骨灰》這篇小説的思想。胡菊人在析評《骨灰》時説,

它有兩個主題:「一個是表現中華民族近半世紀的時代,革命、戰爭的荒謬;另一個就是對中國傳統文化『落葉歸根,入土為安』的乖離現象的控訴。」**4** 所言甚是。而兩個主題,其實關係密切,前者為後者之因,說二者實為一個,並無不可。

上面說過,第一觀「位體」,就是「設情以位體」,就是主題,就是情。《情采》篇說:「情者文之經」,《附會》篇說「以情志為神明」,可補充解釋情就是主題的意思。《骨灰》這個主題所流露的情,是沉鬱、沉痛的。《文心雕龍》《時序》篇論及某個時代的文風,說「世積亂離,風衰俗怨」,這可借為《骨灰》的形容。《文心雕龍》《物色》篇的「陰沉」「矜肅」秋冬之氣,也可用來幫助說明《骨灰》的調子。

「位體」也包含體裁、形式、結構等意義。《骨灰》在體裁上屬短篇小說,就其敍述觀點而言,則屬於第一身戲劇式手法。劉勰的《文心雕龍》,討論的是詩文;小說在那時的中國,尚在萌芽階段,劉勰根本不可能怎樣去注意,更不可能有什麼敍述觀點(point of view)這樣的理論──西方也要到二十世紀才產生。**5** 至於結構,其重要性則是劉勰所大書特書的。《文心雕龍》多處論及

結構，《附會》篇說：「總文理，統首尾，定與奪，合涯際，彌綸一篇，使雜而不越者也。若築室之須基構，裁衣之待縫緝矣。」《章句》篇則有「外文綺交，內義脈注」之語，與西方的「有機統一體」（organic unity）說法，若合符節。[6] 上文曾經指出：第一觀與第二、三、四觀關係密切，我們應該分析《骨灰》的事義、置辭等，看看它們怎樣和這篇小說的主題配合，看看整篇小說的結構嚴謹與否。

　　《骨灰》的素材、事件、情節非常豐富，包含抗日、內戰、「反右」、「文革」、平反，以至羅任重的在台灣坐牢、在美國潦倒，龍鼎立的晚年去國，以及羅齊生那一輩的「保釣」運動等等。夏志清多年前指出，白先勇的小說不啻是一部民國史。[7] 我們可以說，加上較後期的白氏小說《夜曲》和《骨灰》，則白先勇的小說足以構成中國的現代史，或者說，中國現代史的縮影。《文心雕龍》《知音》篇的「事義」，還包括用典。《骨灰》中的羅任重和龍鼎立，都有文化修養，後者是名教授。羅任重用練字來修身養性，曾書寫陸游的詩句「夜闌臥聽風吹雨，鐵馬冰河入夢來」。龍鼎立來到美國與羅任重重敍，對着後者引陳與義「此身雖在，堪驚」的詞句，

來表示感慨。陸游和陳與義的詩詞，寫的都與國難時艱、民族苦痛有關，白先勇所用的典故，顯然切合人物身份和經歷，切合作品反映的歷史時代，也切合作品要表達的主題。

《骨灰》的「事義」，異常豐富，這裏不可能一一引述和分析。不過，有一個情節，是非討論不可的，那就是小說結束前羅齊生做的夢：

　　　　老人細顫、飄忽的聲音戛然而止。黑暗中，一切沉靜下來，我仰臥在沙發上，房中的寒意凜凜的侵了過來。我把毯子拉起，將頭也蒙上。漸漸的酒意上了頭，我感到愈來愈昏沉，朦朧中，我鬙鬙來到一片灰暗的荒野裏，野地上有許多人在挖掘地坑，人影幢幢，一起在揮動着圓鍬、十字鎬。我走近一個大坑，看見一個身材高大的老人站在坑中，地坑已經深到了他的胸口。他掄着柄圓鍬，在奮力的挖掘。偌大的坑中，橫着、豎着竟臥滿了纍纍的死人骨頭，一根根枯白的。老人舉起圓鍬將那些枯骨劐起便往坑外一扔，他那柄圓鍬上下飛舞着；一根根人骨紛紛墜落地上，愈堆愈高，不一會兒便在坑邊堆成了一座白森森的小山。我定神一看，赫然發覺那個高大的老

人，竟是大伯，他憤怒地舞動着手裏的圓鍬，發狂似在挖掘死人骨頭。倏地，那座白森森的小山嘩啦啦傾瀉了，根根人骨滾落坑中，將大伯埋陷在裏頭，大伯雙手亂招，狂喊道：

「齊生──」

這個夢十分耐人尋味，把它放在全篇作品中來看，筆者覺得它有下面的含義：

一、坑很大，死人骨頭纍纍，可堆成一座小山；換言之，死的人很多。死的人或死於自然，或死於迫害、戰爭等，若屬於後者，自然不無「一將功成萬骨枯」之意，不無控訴時代之意。

二、人死了，卻入土而不能安，其骸骨被人亂挖亂掘，這實在乖離死者安息的傳統思想。[8]

三、掘坑者憤怒地、發狂地挖，他大概為自己被迫做此事而憤憤不平，也可能為死人感到不值，代他們生氣。（正如龍應台說的：「中國人，你為什麼不生氣！」[9]）

四、種種戰爭、鬥爭的結果，是纍纍的死人骨頭，這已是徒勞無功；挖坑堆起來的骨頭，那座小山嘩啦啦傾瀉了，這項工作也是一場空。徒勞，徒勞！

五、骨山傾瀉，滾落坑中，埋陷了掘坑者。這大概

意味着個人及其努力，被歷史所淹沒。

六、現實中，挖墳的人原為龍鼎立，那是「文革」時期；夢境裏，挖骨的卻是羅任重。在二十世紀四十年代龍、羅二人因為政治立場不同而敵對，龍甚至罵過羅是「劊子手」。然而，龍在夢中卻成了羅，其身份的混淆或逆轉，使人有啼笑皆非之感。

總括而言，這個夢隱含之意，是徒勞、荒謬、可哀、可笑。用西方現代評論術語來説，這個夢是意義豐富深刻的象徵。用《文心雕龍》的話來説，它是「興」，是「隱」。《比興》篇説「興者，起也」，「興之託諭，婉而成章」，「比顯而興隱」；《隱秀》篇説「隱也者，文外之重旨」，「隱以複意為工」，「隱之為體，義主文外」，「深文隱蔚，餘味曲包」。由此可見在一千五百年前，劉勰已有象徵這個概念，已非常重視象徵這個手法。

龍鼎立和羅任重年輕時敵對，在齊生的夢中，二人的身份卻混淆了，這實在乖謬可笑，對此上文已有析論。龍鼎立投身共產黨，後來卻被打成右派，身心備受摧殘；羅任重在「文革」時因為有海外關係而被打成反革命分子，如今海外關係卻為他帶來平反的機會，至少是加快帶來此機會；龍鼎立和羅任重年輕時是健將，是

壯士，如今卻羸弱衰殘，「頂天立地」「任重道遠」的
美名，空餘戲欷感歎……凡此種種，我們稱之為「反
諷」。假如劉勰起於九泉之下，讀《骨灰》，「披文入
情」，體會到以上這些現象背後的無奈與荒謬，他會怎
樣形容呢？大概會用剛才引用過的「重旨」「複意」「餘
味曲包」等詞吧。象徵與反諷，靠的都是「言外之意」。

六觀法第三觀是置辭。置辭與事義與位體關係密
切，上文已提到。籠統來說，大凡在交代事件和人物
的核心元素之外，作者在文字上所花費的功夫，可納入
「置辭」的範圍，如果用《文心雕龍》的比喻，則「事義
為骨髓，辭采為肌膚」。辭采即置辭。《骨灰》的文字，
稱得上肌膚細膩，試看對羅任重和龍鼎立的描寫。先看
羅的部分：

> 大伯南人北相，身材魁梧，長得虎背熊腰，
> 一點也不像江浙人，尤其是他那兩刷關刀眉，雙
> 眉一聳，一雙眼睛炯炯有神，頗有懾人的威嚴。
> 後來大伯上了年紀，發胖起來，眼泡子腫了，又
> 長了眼袋，而且淚腺有毛病，一逕淚水汪汪的，
> 一雙濃眉也起了花白，他那圓厚的闊臉上反而添
> 了幾分老人的慈祥。

下面寫的是龍：

在燈光下，我看清楚老人原來是個駝背，而且佝僂得厲害，整個上身往前傾俯，兩片肩胛高高聳起，頸子吃力的伸了出去，頂着一顆白髮蒼蒼的頭顱；老人身子十分羸弱，身上裹着一件寬鬆黑絨夾襖，好像掛在一襲骨架子似的，走起路來，抖抖索索。

端的是工筆細繪。「置辭」的功夫，還可見於作品中對專有名詞的安排。羅任重和龍鼎立兩個名字，都具反諷意味，不是隨便取的，這一點上文已有論及。「置辭」還可包括對氣氛的營造。《骨灰》寫的是十二月下旬一個晚上，三藩市羅任重家中，幾個人物的晤談。白先勇這樣細細描摹當時當地的景象：

舊金山傍晚大霧，[…]整個灣區都浸在迷茫的霧裏，一片燈火朦朧。[…]加利福尼亞街底的山坡，罩在灰濛濛的霧裏，那些老建築，一幢幢都變成了黑色的魅影。爬上山坡，冷風迎面掠來，我不禁一連打了幾個寒噤，趕緊將風衣的領子倒豎起來。[…]舊金山的冷風夾着濕霧，當頭罩下，竟是個寒惻惻的，砭人肌骨。

　　季節是冬天，時分是夜晚，霧大風寒，魅影幢幢，濛濛惻惻，這樣的景物氣氛，正好襯托出篇中羅、龍兩個老人的年邁體衰，襯托出小說的悲劇調子。如果用佛萊（Northrop Frye）的「基型論」（archetypal criticism）來理解，則《骨灰》顯然屬於悲劇或諷刺詩文類型，寫的是英雄的死亡或解體，相當於一年中的秋冬，一日中的昏夜。《文心雕龍》沒有「基型」體系，不過，《物色》篇中所說的秋之「陰沉」和冬之「矜肅」，卻與佛萊的基型論相通。[10]

　　從以上所說，我們知道《骨灰》運用的種種細節，其選辭擇事，都為作品的主題服務，氣氛首尾一致。至於第四觀宮商，這裏略作說明。在各種文學體裁中，詩的音樂性最強，評詩的時候，自然不能忽視其音樂性。至於小說作品，綴字成句，積句成段，組段成篇，字詞的聲調，句子的長短，固然有其音樂性，但到底難以由首至尾，逐字逐句分析，似乎也無此必要。也許我們可轉而談小說整篇的節奏。《骨灰》主要用內心獨白和對話交代情節，談話時，人物不過三個，時間是一個晚上，故事發展的節奏，非常舒緩；然而，由於整篇《骨灰》涉及的人物多，時間長，空間闊，事件和情節的密度是

很高的。以樂曲為喻，則《骨灰》好比是一個眾多樂器交響並奏而速度緩慢的樂章。

三、《骨灰》的奇正、通變

第五觀奇正，其準確含義似乎不易說明。《定勢》篇說：「舊練之才，則執正以馭奇；新學之銳，則逐奇而失正；勢流不反，則文體遂弊。」《辨騷》篇說：「酌奇而不失其貞，翫華而不墜其實。」如果說「正」是正統、正宗，則「奇」應該是新奇、新潮、標奇立異一類的東西。不過，奇與正大概是相對的。就以小說技巧而言，詹穆士式的敍述觀點、意識流手法、魔幻寫實主義手法、法國新小說手法這些，剛剛出現的時候，都是「奇」的，後來，有些已經變成「正」的，或可能變成「正」的了。又以小說中的性愛描寫而言，在二十世紀初期的西方，在《尤利西斯》和《查泰萊夫人的情人》被禁的年代，性愛描寫是不正統的，後來卻成為不新奇的事物了。二十世紀是文化藝術思想多元化發展的時代，正統與否，有時很難確定，即使能夠確定，意義似乎也不很大。說回白先勇的《骨灰》。我們知道，這篇成於八十

年代中期的小說，在技巧方面，是「正統」的，比起魔幻寫實小說、新小說、反小說，它簡直保守極了。在內容方面，也一點不離經叛道。《骨灰》與別的小說相比，情形有如上述。如果以它和白先勇從前的小說如《冬夜》等相比，它也是「正統」的——《骨灰》在思想和藝術上，保留了白氏多數作品的特色。

　　評論白先勇小說的，自夏志清、歐陽子以降，都覺察到白氏作品中深沉的國家、民族、時代、文化思考，他具有一種憂患意識。[11] 白氏的興衰今昔之感、人生無常無奈之慨，也為論者所體會到。《骨灰》秉承的，恰恰是白氏自己這樣的傳統。若有與前不同的話，則是白氏這種憂患意識更深更強了。《骨灰》中的主角，對政黨和政治並沒有嚴詞斥責，然而，羅任重對龍鼎立所說的一句「我們大家辛苦了一場，都白費了——」，包含了多少悲哀和辛酸！一九八八年三月，白先勇在香港與胡菊人對談，白氏說：「我覺得我們中國人在二十世紀很失敗。」[12] 這段心聲，和《骨灰》中羅任重的，可說完全一樣。

　　在技巧上，白先勇一向對人物容貌服飾，對場景擺設，其工筆摹狀手法，《骨灰》一仍其舊。他喜用的象徵、反諷筆法，《骨灰》承襲之。在小說藝術上，從六〇

年代到八〇年代，白先勇還有一共通點。《遊園驚夢》的故事，由錢夫人在竇公館門口下車走入屋裏開始；《梁父吟》由樸公下車回寓所開始；《冬夜》由余嶔磊在門口等待吳國柱開始；《骨灰》則由敍述者下飛機候到羅宅開始（不過在飛機上他有一番頗長的回憶）。這四篇小說，實際的時間都只有短短數小時，而主要的故事內容都是由角色的對話交代的。這是戲劇式小說，是白氏小說的一個模式。

　　第六觀通變，乃論繼承與創新。《通變》篇說：「設文之體有常，變文之數無方。[…] 文辭氣力，通變則久。」《物色》篇說：「古來辭人，異代接武，莫不參伍以相變，因革以為功。」《辨騷》篇說：「《楚辭》者，體憲於三代，風雜於戰國，乃雅頌之博徒，而辭賦之英傑也。觀其骨鯁所樹，肌膚所附，雖取鎔經意，亦自鑄偉辭。」合起來，足以說明繼承與創新的道理。綜覽文學史，我們知道即使才高八斗的作家，也不可能一無依傍，完全白手興家。作家多方吸收營養，轉益多師，是自然且必要的事情。白先勇從早年閱讀小說開始，即已受各家影響，已上通於中外的文學傳統。[13]

　　簡單來說，在廣闊多樣的中外古今文學中，《紅樓

夢》的工筆寫法，亨利·詹穆士以降的小說敘述觀點理論，佛洛伊德的心理分析學說，以至象徵、反諷和中國古典詩詞的凝鍊修辭等技巧，對白先勇的小說，影響最為深遠。所謂創新，往往只是採摘、繼承各家之長所新形成的綜合體。白先勇在小說技巧上的創新，正是上述諸家之長的綜合。技巧上這個綜合體，加上白先勇的憂患意識，他寫出來的形形色色悲歡離合的人物故事，他細意經營的一個個象徵、反諷，合起來就是白氏小說的特色、成就、個人風格和創新表現。「白氏小說者，體憲於中外，風雜於當世，乃說部之新變，而現代之英傑也。觀其骨鯁所樹，肌膚所附，雖取鎔經意，亦自鑄偉辭。」我們可改動《辨騷》篇的字眼，借它來形容白先勇小說的「通變」。而《骨灰》「白風」明顯，是當代一篇沉鬱耐讀的上乘之作。

四、結語：「重新發現中國古代文化的作用」

二十世紀是理論林立、批評發達的時代。西方的文學批評，有五花八門的種種學說，一千五百年前的《文心雕龍》，就和任何二十世紀之前的中西文學批評經典

一樣，雖然了不起，卻不可能預開本世紀的百花。《文心雕龍》有原道宗經之說，但它沒有馬克思主義文論；它強調情理的重要，如《情采》篇說的「情者文之經，辭者理之緯」，但它沒有心理分析學說；它注意到《離騷》的神話成分，覺察到四季變遷物色感人的現象，但它沒有一套神話理論或佛萊式基型論。[14] 它認為文學作品有其體裁上的要求和作品本身的規律，但它沒有結構主義理論或解構理論；它了解到不同讀者對作品的不同反應，但它沒有森嚴的一套「接受美學」。然而，《文心雕龍》有很多精見卓見，有很多中庸而高明的理論，有的可以發展成為圓融宏大的理論體系，六觀法就是其中之一。六觀法是析評作品藝術、衡量作品成就的一個理論架構；西方「新批評」（The New Criticism）及其以前的種種技巧分析理論，基本上都可以納入六觀法的體系裏面。如何實際地析評作品？《文心雕龍》的六觀法，提供了一個可以放諸四海而皆準的方法學典範。

　　筆者向來推崇《文心雕龍》的體大慮周，極高明而道中庸，多年來又深愛白先勇小說的沉鬱精深、憂時感世，現在討論其《骨灰》，嘗試以古法證論新篇，這也可算是劉勰「通變」說的一項實驗。白先勇在歎息現代

中國失敗之餘，對中國傳統文化是有信心的。《冬夜》的余嶔磊說：「有時候，洋法子未必奏效，還得弄帖土藥祕方來治一治。」[15]《骨灰》中的羅任重，悲慨之餘，就靠練書法，寫陸游詩句「夜闌臥聽風吹雨，鐵馬冰河入夢來」，以修心養性。而白氏本人也認為應該來一個中國文化復興，「重新發現中國古代文化的作用」[16]。筆者這裏以六觀法析評《骨灰》，只用了一個例子。六觀法是可以用來衡量古今中外各種作品，極具普遍性實用價值的。洋法有洋法的好處，中國人向來大抵都學習、借鑒，且往往不遺餘力。不過，我們應該「重新發現中國古代文化的作用」，且向外國介紹，以期對世界文化有所貢獻，同時治療一下近代以來飽受摧殘的民族自尊。

一九九二年

註釋

1　論者以「中心思想」「體裁」「風格」「佈局」等說明「位體」的含義。請參看黃維樑《精雕龍與精工甕——劉勰和「新

批評家」對結構的看法》一文的註 4；此文刊於《中外文學》
1989 年 12 月號，頁 4—20。

2　請參看黃維樑《精雕龍與精工甕——劉勰和「新批評家」
對結構的看法》，此文刊於《中外文學》1989 年 12 月號，
頁 4—20。

3　本文引述時，根據的是白先勇著《骨灰——白先勇自選集
續篇》（香港：華漢，1987）一書。

4　引自白先勇著《骨灰——白先勇自選集續篇》（香港：華漢，
1987）胡菊人所寫的代序。

5　筆者認為《文心雕龍》《知音》篇的「醖藉」和「浮慧」二者，
可借來形容敘述觀點中的「客觀呈現法」和「夾敘夾議的
全知」。請參閱黃維樑《中國文學縱橫論》（台北：東大，
1988）一書中《醖藉者和浮慧者——中國現代小說的兩大
技巧模式》一文。

6　請參閱黃維樑《精雕龍與精工甕——劉勰和「新批評家」
對結構的看法》，此文刊於《中外文學》1989 年 12 月號，
頁 4—20。

7　請參閱夏志清《文學的前途》（台北：純文學，1974）一書
中《白先勇早期的短篇小說》一文，頁 164。

8　中國傳統文化重視人死後的安葬。例如《晉書・祖逖傳》
謂祖逖「克己務施，[⋯]又收葬枯骨，為人祭醊，百姓皆
感悅」。

9　這句話是龍應台《野火集》（台北：圓神，1985）一書第一
篇文章的標題。

10　請參閱《中國文學縱橫論》（台北：東大，1988）中《春的悅豫與秋的陰沉》一文。

11　請參閱夏志清《文學的前途》（台北：純文學，1974）一書中《白先勇早期的短篇小說》一文，及歐陽子《王謝堂前的燕子——〈台北人〉的研析與索隱》（台北：爾雅，1976）一書的《白先勇的小說世界》一文及書內其他文章；又：白先勇《骨灰》（香港：華漢，1987）中胡菊人的代序，及書末戴天所寫的代跋。

12　引自白先勇《第六隻手指》（香港：華漢，1988）頁 175。

13　可參閱陸士清《白先勇的世界白先勇的夢》一文，刊於《文匯報》1988 年 1 月 10 日 17 日的《文藝版》。

14　《辨騷》篇是一篇很好的實際批評文章，筆者撰有《現代實際批評的雛型——〈文心雕龍・辨騷〉今讀》一文，1989 年 12 月在香港大學的《中國學術研究的傳承與創新》研討會上宣讀。拙文提到劉勰對神話、夸誕事物（這些都是「異乎經典」的）的兼容並包。當然，劉勰並無對神話作系統式的研究，不像二十世紀初期費雷沙（J.G. Frazer）的《金枝》（The Golden Bough）那樣；正因為如此，《楚辭》的神話傳統成分，乃成為本世紀學者自聞一多以至陳炳良（其《神話・禮儀・文學》一書（台北：聯經，1985）中有《聖與俗——《九歌》新研》一文，很有啟發性）的研究課題。無論如何，劉勰對神話夸誕素材的並蓄精神，在在顯示他是一個博大的批評家。

15　引自《白先勇自選集》（香港：華漢，1986）頁 232。

16　引自白先勇《第六隻手指》（香港：華漢，1988）頁 176。

在「後現代」用古典理論看新詩

一、反傳統・顛覆・難懂

　　20 世紀時，大家大談「現代」（modern）、「現代性」（modernity）、「現代主義」（modernism），然後又談「後現代」（post-modern）、「後現代性」、「後現代主義」。在 20 世紀 90 年代那所謂「世紀末」，「現代」與「後現代」仍然是很多華人知識分子的關鍵字。隨便舉幾個例子：北大出版社 1992 年有《後現代主義文化與美學》、1997 年有《後現代主義與文化理論》；台北的《中外文學》1995 年某期有《後現代文化論專輯》；此外，還有《被壓抑的現代性──晚清小說新論》，還有《上海摩登》；等等。「摩登」就是 modern，就是「現代」。

　　到了 21 世紀，仍然是現代，是後現代。復旦大學出版社 2002 年有《當代中國文化的現代性與後現代性十講》，書裏有一講名為「當代中國文學的現代性和後現代

性」；台北麥田出版社 2004 年有《殖民地摩登：現代性與台灣史觀》；香港的牛津大學出版社 2003 年有《現代化・現代性・現代文學》；2005 年《台灣詩學》(學刊四號) 的專題是「現代詩與現代性」；等等。「現」在這個時「代」的知識分子們，為什麼還死抓着「現代」「後現代」這些概念不放呢？「現代」早就不現代、不摩登 (modern) 了。

　　「現代文明的三大元素是：火藥、印刷、新教。」英國文豪卡萊爾 (Thomas Carlyle) 一百多年前這樣說。更早，在四百多年前，歐洲已有人把「現代」和「古代」作相對的論述。中文的「現代」大概源自日文，一百年前，梁啟超在《新民說》已用了此詞，此後就更多用、更常用。在中華文學方面，《現代評論》在 80 年前創刊；台灣的《現代詩》雜誌，其面世是半世紀以前的事。為什麼大家仍然着魔於「摩登」「後摩登」？魔力如此巨大的「摩登」女郎——這個魔女已經白髮三千丈了！

　　「現代」和「後現代」這些詞語，意義眾說紛紜，難分難解，以至多少虛假多少胡混借其名而行之。即使有「解人」索得其義，説「現代」就是反傳統，「後現代」就是顛覆，還有就是分崩離析，就是難懂[1]；難道

反傳統、顛覆、分崩離析和難懂就是現在這個時代每個知識分子都要擁護、擁抱的真理嗎？傑姆遜（Frederic Jameson）説我們這個時代是「後現代」，而「後現代」的藝術有這樣的現象：在音樂廳裏，一個「鋼琴家」上台演奏約翰・蓋奇（John Cage）的作品，他在鋼琴上砰砰嘭嘭亂按，發出一陣噪音，然後停頓、靜默。台下聽眾疑惑不安。突然，「鋼琴家」又亂按亂敲一陣，然後又沉默。這又使聽眾疑惑不安。又來一陣噪音。作品奏完了。這樣的「驚愕獨奏曲」就代表我們這個時代的藝術？

　　這只是怪誕。身為現在這個時代的人，我們應該拒絕接受這樣的「現代」或「後現代」。怪誕其實並不只是「現代」或「後現代」才有的。亞里士多德的時代，已有「奇異」「難懂」的詩。所謂「奇異詞」，他在《詩學》（Poetics）第 22 章告訴我們，指的是「外來詞、隱喻詞、延伸詞以及任何不同於普通用語的詞」[2]。莎士比亞那個時代也有。莎翁借《羅密歐與朱麗葉》中墨鳩修阿（Mercutio）之口，抨擊文壇的時弊：

　　　　這些古里古怪的，吞吞吐吐的，矯揉造作的傢伙，這些好用新名詞的傢伙，真是無聊！［…］這種時髦販子，這種滿口法文 pardonnez-mois 的

傢伙。[3]

在亞里士多德與莎翁之間，華夏的劉公彥和，同樣聲討怪誕。劉勰在《文心雕龍·定勢》中說：

> 自近代辭人，率好詭巧。原其為體，訛勢所變。厭黷舊式，故穿鑿取新；察其訛意，似難而實無他術也，反正而已。[4]

二十世紀的文學，先西後中，有太多的「奇異」「古里古怪」「詭巧」「反正」的「文末」了。用「文末」而不用「文本」（text），請恕這裏自鑄新詞。這個新而不難懂的詞語，反映了對「奇異」「詭巧」（即創新過了頭）作品的缺乏好感：它們是「文」學的「末」流，是亂流、狂流。二十世紀的中國新詩（包括「現代詩」，下同），雖然已建立了傳統[5]；可是，由於一些顛覆傳統、極度奇異的「詩末」——特別是五六十年代在台灣香港，八九十年代在中國內地——的存在，新詩的名譽受到破壞，其尊嚴受到損傷，甚至有人懷疑其存在的理由。[6] 救護新詩之道，在詩人認識詩藝的重要，在減少對古典的顛覆，在秉持創新而不怪異難懂的寫作原則。而這數者是相關

的。五四以來的新詩，其難懂可能由於主題不明朗，也可能由於脈絡不清晰、結構混亂；換言之，其難懂與不合詩歌藝術的要求大有關聯。

二、用古典理論看卞之琳的《無題四》

文學藝術作品重視結構。詩為最精煉經濟的文學體裁，更為重視。亞里士多德在《詩學》中，強調情節的作用，認為它是悲劇的靈魂。情節就是事件的組織、串連、因果關係，也就是結構。[7] 劉勰的《文心雕龍》體大慮周，對寫作的種種原則和技巧，詳加論述。其中《熔裁》《章句》《附會》諸篇，討論的都與結構有關。《熔裁》說「規範本體謂之熔」，意即規劃、建構作品的整體；又說「剪截浮詞謂之裁」，意即捨棄不必要的言詞。這是關於結構的關鍵性論述。《附會》說的「總文理」，「雜而不越」；《章句》說的「外文綺交，內義脈注」，「體必鱗次」，「首尾一體」；——這些話語，用電子時代的說法，就是結構理論的「相關鏈接」。結構嚴謹是好作品的條件之一。《文心雕龍》有《比興》《麗辭》《事類》《隱秀》篇。作品有比興、麗辭、隱秀，

用典用事，作品乃可能有佳句；作品結構嚴謹，乃成佳篇。兩者俱具，就是有句有篇。這和柯立基（Samuel Coleridge）說的「最好的言詞放在最好的位置」（the best words in their best order）同聲同氣。[8] 詩人必須用其才情、功夫，構思、鑄造警雋的意象——包括想像豐富的比喻、耐人尋味的象徵；他還必須善於結體、謀篇，把詩篇建構為精美的宮室。

百年來的中國新詩，去掉那些負面的「詩末」，佳句佳篇自然是有很多很多的。本文旨在舉出若干正面的例子，說明善構精築的宮室之美。篇幅有限，長篇的作品不能顧及，只能着眼於較為短小之作，只能觀覽一些小型的「雅舍」了。先看卞之琳的《無題四》[9]：

> 隔江泥啣到你樑上，
> 隔院泉挑到你杯裏，
> 海外的奢侈品舶來你胸前：
> 我想要研究交通史。
>
> 昨夜付一片輕喟，
> 今朝收兩朵微笑，
> 付一枝鏡花，收一輪水月……
> 我為你記下流水賬。

　　這是結撰精巧的情詩。它用了「奢侈品」「舶來」「交通史」幾個辭彙，本篇是現代作品；它也用了「鏡花」「水月」等語，而具有古典的色彩。詩人（嚴格來説，應是詩中説話者 speaker；下同）羨慕泥土、泉水以及飾物，因為它們都可以親近「你」——詩人喜歡的異性，而自己未能親近。他很想知道怎樣才能親近。詩人夜裏因為目標未達而感喟歎息；今天早上收到「兩朵微笑」（應該詮釋為那位女性對他的微笑）。然而，一切又好像鏡花水月那般不確切、不實在。詩人與她之間，關係似乎沒有進展，沒有升溫。這樣不進不退、似即似離的關係，持續着，像流水賬一樣，一天天被記錄下來。

　　《無題四》基本上明朗可解，然而，上面的詮釋之外，仍有進一步解讀的空間，有其「不確定性」（indeterminacy）。例如「付一枝鏡花，收一輪水月」這一行，就難有通達一致的解釋。這樣明朗之中略帶朦朧的詩最為可人。此詩更可稱道之處，是它的結構。首行的「樑」是「你」居所的屋樑，次行的「杯」，比「樑」更接近「你」了，第三行的「胸前」「奢侈品」，則與「你」有最貼近的接觸。這樣物與人的關係層層遞進，章法井然，正是《文心雕龍·章句》説的「體必鱗次」。

首三行都涉及由彼到此的運輸交通，第四行用「交通史」來概括，正是《文心雕龍·附會》說的「總文理」。此詩的後半用了「水月」的意象，加上前半的「江」「泉」「舶來」等字眼，水成為重複出現的意象（所謂 recurring image），末行結以「流水賬」，有百川匯海之妙，正是《章句》說的「內義脈注」，「首尾一體」。泥土、奢侈品、交通史、流水賬等詞語似乎駁雜，然而，它們都是為詩的主題服務的，正是《附會》篇說的「雜而不越」，使此詩成為有機的統一體（organic unity）。詩中近似對偶的句子有好幾雙，正有劉勰說的「麗辭」之美。至於情詩而出現理性的「研究」字眼，那是卞之琳為文以至為人的風格，屬另一話題，這裏點到即止。

三、用古典理論看余光中的《民歌》和《荔枝》

余光中也是章法綿密的詩人，其作品如《貼耳書》也是情詩，也精巧。下面舉余氏的《民歌》[10]，同樣章法嚴謹，但不是情詩。此外，它雖短小，卻有一股磅礴的民族氣勢。

傳說北方有一首民歌

只有黃河的肺活量能歌唱

從青海到黃海

風 也聽見

沙 也聽見

如果黃河凍成了冰河

還有長江最最母性的鼻音

從高原到平原

魚 也聽見

龍 也聽見

如果長江凍成了冰河

還有我，還有我的紅海在呼嘯

從早潮到晚潮

醒 也聽見

夢 也聽見

有一天我的血也結冰

還有你的血他的血在合唱

從 A 型到 O 型

哭 也聽見

笑 也聽見

《民歌》屬歌謠體。自《詩經》開始，歌謠一般都用

重複的結構，《民歌》也如此。它的層遞法顯而易見：首節說的是北方的黃河，次節南移為長江，第三節再南移為紅海。不過，這裏紅海為虛寫，意為詩人體內的血。由實的黃河、長江，到虛的紅海，也就是由大地、河川到詩人、人民，不是「二元對立」（結構主義説的 binary opposition），而是一種「二元應合」（或者可巧立名目為 binary cooperation）。黃河、長江、紅海，歌唱、呼嘯、合唱——這首詩有宏大的抒情（grand lyrical，又一次巧立名目，改自當前流行的術語宏大敍事 grand narrative），而且，它大而有當：有「體必鱗次」的精當的結構。

　　誠如流沙河説的，這首《民歌》發出的是中華民族的聲音。[11] 詩中的魚、龍，就很能使我們聯想到憂國憂民的杜甫的詩句「魚龍寂寞秋江冷，故國平居有所思」（《秋興》八首），因而豐富了《民歌》的涵義。這首詩的藝術表現，並非十全十美。黃河和長江，是實有的，且是中國的象徵；紅海也是實有的，卻不在中國，或臨近中國。如果中國的南海名為紅海，或者中國的南方有一條河名為紅河，那就天造地設了，而《民歌》也就無懈可擊了。可惜詩人沒有這樣的「造化」。

　　《無題四》和《民歌》外形整齊，接近格律詩或豆腐

乾詩。這樣的形式，意味着詩的結構應該有條理有層次，
意味着詩不應該混亂。下面是余光中的《荔枝》[12]，不分
節分段的，看起來似乎沒有必要在結構上井然有序了；
事實不然，它脈絡清晰，有條不紊：

　　　　不必妃子在驪山上苦等
　　　　一匹汗馬踢踏着紅塵
　　　　奪來南方帶露的新鮮
　　　　也不必詩人貶官到嶺外
　　　　把萬里的劫難換成一盤口福
　　　　七月的水果攤口福成堆
　　　　旗山的路畔花傘成排
　　　　傘下的農婦吆喝着過客
　　　　赤鱗鱗的虯珠誘我停車
　　　　今夏的豐收任我滿載
　　　　未曾入口已經夠醒目
　　　　裸露的雪膚一入口，你想
　　　　該化作怎樣消暑的津甜
　　　　且慢，且慢，急色的老饕
　　　　先交給冰箱去祕密珍藏
　　　　等冷豔沁澈了清甘
　　　　脫胎換骨成更妙的仙品

使脣舌興奮而牙齒清醒
一宿之後再取出，你看
七八粒凍紅托在白瓷盤裏
東坡的三百顆無此冰涼
梵谷和塞尚無此眼福
齊璜的畫意怎忍下手？

　　這是首詠物詩，寫詩人欲吃荔枝前的美好想像。余
光中以其一貫具體生動的手法來寫，詩中人、物、事都
有，是詠物詩而具有情節，體現了艾略特「戲劇性」的
理論：即使是一首短小的抒情詩，也應寫得好像一齣小
小的戲劇那樣人事物都具備。[13] 詩人抒情：為「七月的
水果攤口福成堆」「今夏的豐收任我滿載」而喜；為快將
吃到「醒目」「消暑」的「仙品」而樂。他議論：現在我
們真有口福，不必像楊貴妃「在驪山上苦等」，不必像
蘇軾「貶官到嶺外」才嚐得到佳果。他敍事：詩人駕車
時，路旁有農婦叫賣荔枝，詩人欲大快朵頤，想到把荔
枝冰凍後才吃的清甘美妙。他描寫──詠物詩當然要對
所詠之物好好刻畫一番：「帶露的新鮮」「赤鱗鱗的虯珠」
「裸露的雪膚」「冷豔」「清甘」「仙品」「七八粒凍紅托
在白瓷盤裏」等等，或用賦法，或用比法，雖然沒有石

破天驚的「陌生化」（defamiliarized）意象，卻也視覺、觸覺、味覺辭彙具備，感性相當豐富。豐富了此詩內涵的，還有楊貴妃（「妃子」）、蘇東坡、梵谷、塞尚、齊璜這些歷史文化名人及其相關典故。

《荔枝》全詩 23 行，敍事、抒情、說理、寫物交集，一氣呵成。對於劉勰說的「規範本體」，此詩可謂規範得圓融一體。如要分出段落，則首六行為首段，其次七行為次段，最後十行為末段。首段為古今對比，道出今人唾手可得的口福。次段寫荔枝的誘人，末段指出饕餮荔枝的好方法。我們在《無題四》和《民歌》裏找不到什麼浮詞，在這首《荔枝》也找不到。《無題四》是情詩，《民歌》和《荔枝》不是。《民歌》隱藏着民族的苦難，《荔枝》顯示了詩人的幸福。三首詩形式、題材、主題都不同，而其感性知性兼具則一，其可讀可解則一，其內容有新意則一，其謀篇有道、結構穩當則一。

三、古典理論久而彌新

人類社會向來未曾單一、單調過；二十世紀後期以來，世人特別強調多元文化主義（multiculturalism）。詩

人、讀者各有其文化修養、審美偏愛，強求「單一」的批評家，是不識時務的愚蠢。批評家應該包容以至鼓勵各種形式、題材、主題、手法的百花齊放。當然，批評家也可以明示他個人的觀點，譬如說，他獨愛古典氣息濃郁的蓮花、荷花：荷葉田田，荷花瓣瓣，層次分明而形象圓潤。

我們說話，乃為了與人溝通；我們寫作亦然。有條理、有主題的口頭或書面表達，有利於溝通，雜亂無章的話語則否，這是不說自明的道理，用不着徵引傳播學者的讜言高論來壯聲勢。詩不發表則已，一發表，就有和讀者溝通的訴求。有脈絡、有主題的詩，才利於溝通。有脈絡、有主題的詩，不等於內容膚淺直露、一覽無餘，而是仍然經得起咀嚼的。上面說過：「明朗之中略帶朦朧的詩最為可人。」詩重視節奏感（或者說音樂性），重視比喻、象徵等形象性語言，所以說，詩是由 meter 和 metaphor 構成。我們應加上一個條件，詩講究結構：structure。[14] 也許可用 mechanism 代替 structure 一詞，而這樣說：詩有 3M —meter, metaphor 和 mechanism, 也就是劉勰說的意象、聲律、熔裁。[15] 孫紹振論及新詩時，認為有可行的藝術準則才能衡量詩歌質量。[16] 我們可以

說，結構的好壞就是藝術準則之一。

　　我們閱讀《唐詩三百首》、《英詩金庫》（*The Golden Treasury*），發現入選的詩都有 3M，都有主題。以杜甫為例，他的《登高》《秋興》《北征》以至《茅屋為秋風所破歌》等等，哪一首不如此？而從西方移植過來的達達主義、超現實主義、現代主義、後現代主義（這些詞語的含義常常交叉重疊）的很多新詩則不然；而台灣、大陸詩人 LF、YM、YL 等的很多首詩則不然。[17] 有些批評家會說：難懂的詩，才有深度，才有偉大的可能。我們可尊重這種說法；胸懷開放的人，都會像吳思敬一樣，說：「要允許『不好懂』的詩存在。」[18] 我們更應該重申：詩應該能夠溝通。難懂的新詩，也許會得到若干不求解（不是「不求甚解」）的批評家的接受；然而，在印刷和電子百種千種媒體競爭受眾（audience）的世代，晦澀難懂的新詩，只能尋覓小眾中的小小眾了。

　　月前某報專題報導世界名畫拍賣，列出最近十多年最昂貴的十幅畫。筆者注意到，十幅中，只有畢卡索的《夢》和《雙臂抱胸的女人》可稱得上是現代主義的；其餘八幅，包括凡高（梵谷）三幅，魯本斯兩幅，塞尚、雷諾阿、畢卡索各一幅，都不是。而且，畢卡索那幅

非現代主義的《拿煙斗的男孩》，售價為 1.416 億美元
（2000 年），其他兩幅現代主義的分別只得 5560 萬美元
（2000 年）和 4840 萬美元（1997 年）[19]。現代主義、
後現代主義的繪畫，和詩一樣，也與顛覆傳統、難於解
索有關。如果這些名畫拍賣的資料，對本文議題有參考
價值的話，則結論應是：現代主義、後現代主義的「含
金量」並不高，至少在「世俗」的眼光中如此。誠然，
不驚不休的現代主義或後現代主義「鋼琴家」約翰·蓋
奇的亂彈，可覓得幾個知音呢？

　　中華學術界有人聲討後現代主義，史學家杜維運寫道：

> 　　後現代主義不滿現狀，不服權威，勇於創
> 新，這是人類有史以來最叛逆的思想之一。較之
> 十八世紀的無政府主義，十九世紀的浪漫主義，
> 二十世紀的存在主義，猶有過之。其初起約在 1960
> 年代末期，其涉及的範圍，為建築、藝術、哲學、
> 文學、史學、政治、社會、法律等廣大領域，其企
> 圖直欲一舉盡毀西方學術文化之傳統而後已。其勇
> 銳之氣，其剽悍之情，前無古人，駭人聽聞。[20]

　　不過，中華的「後學」仍然很多。面對各種「後
學」，面對傳統和現代、後現代，筆者卑之無高論，主

張很簡單：傳統可被超越，但不容全然被顛覆。

　　新詩不應盲目地解構、顛覆傳統，須知道，亞里士多德、劉勰等的古典理論，尤其是重結構的見解，有其久而彌新的價值。新詩的創作，不論題材與思想，除受限於法律外，是沒有禁區的；其手法、其風格也多元多樣；其主要體式，則應如王光明所言，是自由詩。[21] 但詩人不應該濫用自由，以至「自由詩」只剩下反叛、顛覆、混亂、難懂的自由，而沒有詩。不見章法的難懂言詞，在「後學」的前衛批評家眼中，有其偉大的可能；在另一種批評家看來，這些「詩」只能自絕於讀者——連詩的小眾讀者也畏而遠之了。

二〇〇五年

註釋

1　多位「後現代」名家（華人的「後學」們當然稱之為「大師」）的著作艱澀難懂。筆者對「後現代」一類的認識，往往得自二手資料，如 Mark R. McCulloh 為 *Encyclopedia of*

Literary Critics and Criticisms 所撰寫的 "Postmodernism" 一文。
又：Mary Klages 在 "An Introduction to Postmodernism"
一文中，指出「後現代主義」喜愛破碎、不連貫、曖
昧、解構、解中心（fragmentation, discontinuity, ambiguity,
destructured, decentered）的作品；Klages 此文可在 Google 找到。
「後現代」一詞近年被廣泛應用，已到了濫用的地步。例
如，2005 年 7 月上旬香港的多份報章的地產廣告，就說：
「歷來最具價值名宅，見於後現代的名牌美學。」

2　《詩學》有陳中梅等的不同中譯本。

3　引自梁實秋的譯本（台北遠東圖書公司出版），第二幕第四
　　景。

4　本文所引《文心雕龍》文句，因為已註明篇名，所以不逐
　　一詳細註釋。

5　參閱黃維樑《二十世紀中國新詩傳統的建立》一文，收於
　　南京大學中國現代文學研究中心編《中國現代文學傳統》
　　一書（北京：人民文學出版社，2002 年）；此文也收於黃著
　　《怎樣讀新詩》（香港：學津書店，2002 年增訂新版）。又：
　　2001 年 4 月鄭敏與吳思敬有一場新詩對話，吳認為「新詩
　　已形成自身傳統」，見 Google 相關報導。

6　上引黃維樑《怎樣讀新詩》及《香港文學初探》（香港：華
　　漢文化事業，1985 年），二書有多處提及反對新詩的意見。

7　見《詩學》第六章。

8　見 Samuel Coleridge 之 *Biographia Literaria*。

9　卞之琳此詩收於其多本詩集，如《雕蟲紀歷》。

10　余光中此詩收於其多本詩集。

11　見流沙河：《余光中一百首》（香港：香江出版公司，1989 年）
　　第 54 頁。

12　收於余光中詩集《安石榴》；也收於其《余光中詩選（第二
　　卷）》（台北：洪範書店，1998 年）。

13　見 T.S.Eliot 的 "The Use of Poetry" 一文。

14　《文心雕龍·神思》有「尋聲律而定墨，窺意象而運斤」二
　　語，不過，一般的詮釋是：《神思》所說的「意象」，其意
　　義是「意」，與今日的意象（image）一詞不大相同。「熔裁」
　　上文已有解釋。

15　孫紹振語引自王光明：《文學批評的兩地視野》（北京大學
　　出版社，2002 年）第 129 頁。

16　二十世紀西方詩人論詩，強調結構之重要者也很多，如
　　William Carlos Williams 在其 *The Wedge* 的序言中說：「來兩
　　個大膽的陳述：對於機械，我們不必情緒化；詩是由文字
　　構成的小機械（或大機械）。我說對於詩，我們不必情緒
　　化；我的意思：詩不能有多餘的成分。」至於中國古代文論，
　　強調結構的說法太多了，舉一個比喻式說法：作文章應該
　　鳳頭豬肚豹尾，即開頭精彩亮麗，中間充實豐富，結尾響
　　亮有力。

17　這裏恕筆者只用代號，不直稱其名了。本文更沒有對晦澀
　　難懂（至少對我來說是這樣的）的「現代詩」或「後現代詩」
　　加以舉例、解說，因為如要解說清楚，一定會花費大量篇
　　幅。而且，筆者對一讀二讀三讀都不懂的作品，已大大失
　　去耐性了。又：正文提到的 LF，其後期詩作明朗可懂得多

了，如 2005 年 6 月 9 日發表於《聯合報》的《登峨嵋山尋李白不遇》一詩即如此（題目中「嵋」字一般作「眉」）。

18　1980 年代朦朧詩興起時，吳氏寫了一文，題為《要允許「不好懂」的詩存在》。

19　見《南方都市報》2005 年 2 月 12 日第 B19 版專文報導。

20　見杜維運《後現代主義的弔詭》一文，載於台北《漢學研究通訊》2002 年 2 月號，第 3 頁。

21　王光明：《文學批評的兩地視野》（北京大學出版社，2002 年）第 127 頁。

瑞典馬大爺和華文作家小蜜蜂
——論華文文學與諾貝爾文學獎

一、瑞典馬大爺和華文作家小蜜蜂

在中國內地，華文文學（或世界華文文學）指中國內地以外全球各地作家用華文（中文）寫作的文學。本文暫把範圍擴大：華文文學連中國內地的文學也包括在內。華文作家有一個諾貝爾文學獎情意結，打了幾十年，至今難解。內地一位專欄作家說，中國不少作家都據稱有望得獎，與此獎鬧過緋聞；又說「一位叫馬悅然的瑞典大爺」一到中國來，「就被中國作家小蜜蜂似的圍着」，成為巴結的對象。

王蒙自傳第三部《九命七羊》告訴讀者，他與諾貝爾文學獎頗有些接觸。1994 年馬悅然致函王先生，請他提供中國作家名單以備諾獎之選，並邀他到瑞典演講。後來馬大爺接到一個消息，說「王蒙不想來」，他因此

「大為失望、光火，並公開發表聲明」……其實馬大爺接到的是個不確的消息。

1995 年，王蒙在美國訪問，美國筆會的祕書長告訴他，該年諾獎一定會頒發給北島，問他對此有何看法。王蒙眼中這位女祕書長，彷彿是拿着諾獎紅布的鬥牛士，一味逗弄人。他在答問中有這樣的一句：「為什麼要佩服與擁戴北島呢？」有拿着紅布的女郎和他對話，這番問答，更可說是王蒙與諾獎的一則「緋聞」了。

對於諾貝爾文學獎，我們為什麼要佩服與擁戴它呢？為什麼要佩服與擁戴馬大爺呢？但事實上有很多作家在佩服、尊敬、巴結馬大爺。海峽兩岸三地，悦然先生馬到之處，演講、座談、頒獎、受媒體採訪，獲隆重報導，被奉為上賓。兩岸三地之外，在新加坡，馬大爺愉悦地，亦然。

台灣有一位傑出的散文家，在高行健獲諾獎之後，發表意見，認為文學成就高於高氏的台灣作家多的是。她言外之意是評選者眼光有問題，但她也不得不敬重馬大爺，而高度評價他的作品，讓大爺高興。事情是這樣的。2001 年馬悦然應邀在台灣某大報上寫專欄，該散文家主編 2001 年台灣「年度散文選」，選入馬氏作品，

並把「年度散文獎」頒給馬氏。台灣的出色散文家甚多，她偏偏要把「年度散文獎」頒給馬氏。何況，同年有另一位非華人作家——韓國學者、詩人、散文家許世旭——的散文入選，他的《台灣老家：地牛翻滾之後》有台灣「在地」色彩，情辭俱勝，比馬氏平淡的《報國寺》精彩。「年度散文獎」如頒予非華人，人選應當是許世旭。然而不然，是馬悅然。這位傑出的散文家兼編者，在讚詞中且把《報國寺》譽為一塊玉，「放出淡淡幽光」。她有沒有討好馬大爺之嫌呢？

香港有不少學院作家，其中一位L先生，作品頗多，自我感覺良好，運用其大學的行政資源，敬邀馬大爺蒞臨演講。L先生主持活動之餘，兼任導遊、陪同，四處觀光，不離左右地極盡地主之誼。馬大爺獲得溫暖、溫馨的款待，L先生當然還奉贈著作，請馬大爺賜正，以收「溫卷」之效。

在中國內地，由作家變成的「小蜜蜂」有多少隻，我不得而知。有一位感覺敏銳的作家，則確是常常繞在馬大爺的身邊，且其觸覺和蜜蜂的刺針一樣銳利。馬悅然曾公開表示欣賞李銳的小說，這一品題，是榮登諾獎寶座的前奏曲。諾獎經常頒予具異議性的作家（英文說的

dissident），李銳先生聞弦歌而知雅意，乃公開宣佈脫離中國作家協會，即與這一建制保持距離。這一人事異動使他添了一小抹異議分子的色彩，奏響其進軍諾獎的曲調。

拿着紅布的鬥牛士真會逗弄人，馬悦然真會令人馬首是瞻，諾獎真令人尊敬。它代表了文學評價的最高權威。難怪一位陳先生在評論 2009 年 10 月王蒙的「中國文學處在它最好的時候」説法時，表示中國目前還沒有什麼文學的精品佳作，他勸勉——

> 作家們紮紮實實幹上十年二十年，不去標榜「最好時候」，也不去爭「著名作家」的頭銜，認真寫出一批稱得上「著名作品」的精品佳作，真正的文學「最好時候」或許也就不遠了，拿他一兩個諾貝爾文學獎也不是什麼難事。

從文章看來，陳先生似乎對當代文學有些認識。對當代文學不一定有認識的某些大學高級學術行政人員，對諾貝爾文學獎更是奉若神聖，而以大學中有人能獲此獎為人文學科最高的榮譽。有一位詩人 B 先生，十多年前盛傳會獲此獎，頒獎時穿的燕尾禮服都訂做好了，結果名落希尼（詩人 Seamus Heaney，1995 年諾獎得主）。

他看來讓人覺得有繼續問鼎的雄心，而且總是把「多次獲提名為諾貝爾文學獎候選人」這樣的字句寫在履歷表內。香港 C 大學的領導，聞說 B 先生仍有得獎的機會，認為奇貨可居，於是把他禮聘為 C 大學的人文學科講座教授。此舉引起 C 大學某些講座教授的譁然——只是小聲而短暫的譁然。在香港及其他很多地區，講座教授的地位在一般教授之上，是學術職位的最高級。B 先生連學士學位都沒有，遑論博士學位；沒有當過任何大學的正規助理教授，遑論教授；沒有發表過任何學術論文，遑論在國際級具匿名評審機制的著名學報發表過學術論文。而他居然尊榮地獲聘為講座教授。諾貝爾文學獎的光輝太眩眼，人人受影響、受刺激，變成文盲、學術盲了。

二、院士的文學修養・漢學家的中文能力

瑞典學院有十八位院士，包括馬悅然；他們十八位負責頒授文學獎。院士們予人的感覺，是頗有主見：偏愛反建制、持異議的作家，偏愛先鋒派作家。被馬先生欣賞過的北島和高行健，雖然一個不幸一個幸運，卻都具有上述的兩個「美德」。準此而觀，這個獎是個有

偏見的獎。我們查看這十八位院士的履歷，則會大吃一驚，因為這些最終決定諾貝爾文學獎得主的人，除了瑞典一國的文學外，不見得對世界其他各國文學有專業的見識和研究。這十八位院士中，懂中文的只有馬悅然。馬公獨挑大樑，華文作家是否有希望獲得諾獎，基本上先得由他推薦。千萬華文作家的諾獎情意結，由他打，由他解。千萬人的諾獎榮與辱，繫於他一身。

對華文作家而言，馬公任重道遠。他博學卓識嗎？是不是傑出的文學評論家，且天下為公地處事呢？且讓筆者提出以下的觀察報告。

馬悅然在 1924 年出生，青年時代研究中國方言與古代典籍如《左傳》，後來成為大學裏的漢學教授，大約於 1970 年代他中年時期轉而關注二十世紀中國文學，1985 年他 61 歲時成為瑞典學院院士，與其他十七位院士一起負責評定諾貝爾文學獎得主。瑞典學院的十八位院士中，選出五人成立文學獎委員會，五人組密切討論世界各地獲推薦的作家的文學表現，每年篩選到剩下數人，向整個瑞典學院舉薦，學院決定最後得獎人。五人組任期三年。馬悅然曾為五人組成員。

馬悅然這位漢學教授的中文能力如何？錢鍾書在

《談中國詩》一文中引述了一個故事，與法國最高學術機構的漢學教授有關的：

> 讓我從高諦愛（Gautier）的中篇小說（"Fortunio"）裏舉個例子來證明中文的難學。有個風騷絕世的巴黎女郎在他愛人的口袋裏偷到一封中國公主給他的情書，便馬不停蹄地坐車拜訪法蘭西學院的漢學教授，請他翻譯。那位學者把這張紙顛倒縱橫地看，禿頭頂上的汗珠像清晨聖彼得教堂圓頂上的露水，最後道歉說：「中文共有八萬個字，我到現在只認識四萬字；這封信上的字恰在我沒有認識的四萬字裏面的。小姐，你另請高明吧。」

筆者深信瑞典學院的馬先生，與錢氏引述的法蘭西學院漢學教授不同。瑞典製作的家具宜室宜家，瑞典馬院士的中文可圈可點。錢鍾書諷刺西方漢學家的中文修養，其利箭且直接射向諾貝爾文學獎。在錢氏 1940 年代的小說《靈感》中，中國某位多產作家「對文學上的貢獻由公認而被官認」：

> 他是國定的天才，他的代表作由政府聘專家組織委員會來翻譯為世界語，能向諾貝爾文學獎金候選 […] 不幸得很，世界語並不名副其實地通

行於全世界。諾貝爾獎金的裁判人都是些陳腐得
發霉的老古董，只認識英、法、德、意、俄等語
言，還有希臘文和拉丁文，偏沒有人懂世界語。
他們把夾鼻老花眼鏡，擦了又擦，總看不明白我
們這位作家送來審查的傑作。好半天，有位對於
「支那學」素有研究老頭子恍然大悟道：「是了！
是了！這並非用歐洲語言寫的，我們攪錯了！這
是中國語文，他們所謂的拉丁化漢字，怪不得我
們不認識。」大家都透口長氣，放了心。和「支
那學」者連座的老頭子問他道：「你總該認識中文
的，它這上面講些什麼？」「支那學」者嚴肅地回
答：「親愛的大師，學問貴在專門。先父畢生專攻
漢文的圈點，我四十年來研究漢文的音韻，你問
的是漢文的意義，那不屬於我的研究範圍。至於
漢文是否有意義，我在自己找到確切證據以前，
也不敢武斷。我這種態度，親愛的大師，你當然
理解。」主席的老頭子瞧「支那學」者的臉色難
看，忙說：「我想，我們不用考慮這些作品，因為
它們根本不合規則。按照我們獎金條例，必須用
歐洲語言的一種寫作，才能入選，這些東西既然
是用中文寫的，我們不必白費時間去討論。」其
餘的老頭子一致贊同，並且對「支那學」者治學

　　態度的謹嚴，表示欽佩。「支那學」者馬上謙遜說
　　自己還比不上本屆獲得諾貝爾醫學獎金的美國眼
　　科專家，只研究左眼，不診治右眼的病，那才算
　　得一點兒不含糊。在君子禮讓的氣氛中，諸老盡
　　歡而散。只可憐我們這位作家的一腔希望。

三、對馬悅然先生的觀察報告

　　這裏花了大篇幅加以引述，因為錢氏的刀筆實在太
有趣了。這漫畫式的諷刺，當然有誇張有失實，瑞典學
院那十八位院士看了（看了瑞典文翻譯，如果有的話）
一定會抗議。馬先生可以用中文在座談會上發言，可以
用中文寫散文（有沒有請母語為中文的人修飾，則不得而
知），可以把數量可觀的中文作品譯成瑞典文，其中文水
平一定高於上述錢鍾書所說的漢學家。他的一般文學修
養如何、中國文學的學識如何、文學批評的能力如何？
對於這些，下面根據兩份文獻來考察。一是 1998 年 11
月 1 日在台北《聯合報》的《世紀訪談：文學有沒有國
界》的座談會紀錄；座談會由沈君山教授主持，馬悅然教
授和余光中教授對話，內容多涉及諾貝爾文學獎。記錄

於 1999 年 1 月 1 日至 5 日共五天在《聯合報・副刊》連載刊出（以下簡稱《訪談》）。二是 2008 年 11 月 29 日馬悅然教授在新加坡報業中心的公開講座，香港《明報月刊》2009 年 1 月號刊出其部份講稿，大概是後半部，題為《諾貝爾文學獎與華文文學》（以下簡稱《諾獎》）。

作文難，論文更難。《文心雕龍》《知音》篇論批評之難，自古而然。劉勰為此提出「情采」「通變」的「六觀」說，樹立了一套批評標準。沈君山是科學家，在《訪談》中多次詢問諾貝爾文學獎的評選標準為何，馬悅然回答說：「評價文學，據我看，不能提出什麼客觀的標準。」看來馬氏的人頗率真，他接着自行「爆料」。話說他與朋友合編當代台灣詩選，有人問他選詩的標準何在，他答曰：「沒有標準！你喜歡一首詩，就認為這首詩的作者是個好詩人，據我看來，完全就是一個 taste。」對方不滿意馬氏的回答，馬氏不得已說：

> 我要求的是一定的深度、一定的創造力、一定的想像力、一定的真實感，但是你千萬不要問我深度、創造力、想像力和真實感是什麼意思，我不能回答這些問題！

　　這樣的回答近乎沒有回答，因為他對「深度」「創造力」「想像力」「真實感」這些關鍵詞完全不能解釋。如果悅然是文學系的研究生，他在課堂上這樣的表現，一定會使教授慍然不悅，把他「當」掉。馬氏長期當過大學教授，他到底怎樣傳道、授業、解惑？從事文學批評而沒有標準，或者說不清憑的是什麼標準，那麼，其褒其貶，就是任意為之。這正是《文心雕龍‧知音》說的「褒貶任聲」。

　　作家須兼具感性和理性；批評家亦然，而理性尤為重要，他必須以理服人。馬悅然的論說能力似乎不強，其言論常常欠精密、圓通。埃及作家馬富茲（N. Mahfouz）曾獲諾獎。《訪談》中馬氏拿巴金的小說《寒夜》與馬富茲的作品相提並論，認為十分出色。《諾獎》中馬氏說巴金「是現代中國偉大作家之一」，其作品有外文翻譯。馬氏在 1985 年晉身瑞典學院，巴金在 2005 年辭世。二十年中，馬氏為什麼眼巴巴看着巴金由老到歿，而不奮力為他爭取諾獎這頂金光閃閃的冠冕？

　　《諾獎》中論及魯迅沒得過諾獎的原因時，馬氏說：「第一，沒有人推薦他。第二，魯迅的文學作品是他去世後才翻成外文的。」諾獎被推薦者的名單在什麼情況

下公開，魯迅作品的外文翻譯情況如何，這裏不探究，我們先假設第一第二兩點都是事實。照馬氏説法，我們可追問：錢鍾書、余光中、王蒙等等作家，應該有人推薦吧，其作品有外文翻譯啊，為什麼又不見這些人獲獎呢？馬氏在《諾獎》中論及錢鍾書，説他的「純文學作品不多，只有一部小説《圍城》和一本短篇小説集《人‧獸‧鬼》」，暗示此為不獲獎的理由。錢氏創作數量不多固為事實，但《圍城》為長篇小説，其字數已超過魯迅的《吶喊》與《彷徨》之和。上述同一篇講詞論及魯迅與諾獎時，為什麼卻沒有以「純文學作品不多」作為理由？《諾獎》論及王蒙時，説他「引用很多當代外國文學的技術和奇巧，像意識流和一種非常複雜的敍述結構。」論及曹禺時，説「曹禺的戲劇當然非常受觀眾歡迎，可是我覺得曹禺受到外來的影響太強。」馬氏對王蒙語帶貶意，對曹禺的貶意甚明顯。二人受到外國文學很多影響，馬氏認為這不好。然而，馬氏大力推薦過的北島和高行健，前者的語言跳躍支離，後者充滿荒誕劇場、法國新小説的色彩，都深受西方所謂現代主義或後現代主義影響，都是西化的大巫，而曹、王只是小巫而已。馬悅然何以揚北、高而抑曹、王？因為偏於憎愛？因為具

雙重標準？還是單純的前後矛盾、議論不夠精密？《文
心雕龍》《論說》篇指出，論說文貴在「鋒穎精密」，又
說「義貴圓通」，馬悅然顯然達不到這個境界。

　　馬氏的論說，不夠「圓通」，他作為一個文學批評
家，更不能「圓照」，不夠「博觀」。《文心雕龍》《知音》
篇說：「圓照之象，務先博觀。」意思是先要廣博地閱讀
作品，才能全面地觀察和認識；也就是同一篇中所說的
「操千曲而後曉聲，觀千劍而後識器」。馬先生讀過多
少中華當代詩歌、小說、戲劇、散文？他在《諾獎》中
承認「對台灣、香港和僑居在國外的作家的作品缺乏足
夠的認識」，他如果能坦率的話，應該承認自己不是個
博觀中國古今文學的人。在《訪談》中，當說明某些文
學觀點時，他很少舉出實例，遑論旁徵博引。余光中在
《訪談》中提到十九世紀初德國文豪歌德提出「世界文
學」這個著名的詞語，馬氏沒有聽聞過，頗驚訝地說：
「哦？真的？」余光中議論中西古今文藝時侃侃滔滔，例
證豐富，馬悅然通常只做簡短的回答。余光中好像是在
講課。馬悅然說吳承恩如生於今天，憑其《西遊記》一
定可得諾獎。沈君山對此願聞其詳，馬悅然完全說不出
其所以然來，就像他說不出到底諾獎的評獎標準為何。

馬悅然翻譯高行健的作品，且高度評價之，終於把高氏高高推上諾獎寶座。在《諾獎》中，馬氏說高氏的兩部長篇小說是「空前的傑作」。這個說法是高通賬式的評價。高氏採用二十世紀法國等歐洲的現代主義技巧（或說伎倆）而已，東方效顰西方，其小說怎當得起「空前的傑作」的推崇？如果馬氏能夠多閱讀、少偏見，高氏這頂高帽就要摘掉。

　　從「閱讀」我們有「悅讀」一詞。馬先生讀而悅然的是寫中國人貧窮、愚昧以至亂倫的一類作品。中國電影如《紅高粱》《大紅燈籠高高掛》在西方獲獎，部分原因即在於這些電影有類似的內容。在《訪談》中，馬悅然高度評價曹乃謙的小說，因為「題材通常是關於山西最窮的地方的貧農，他的語言非常的粗，而且一些短篇涉及一般中國作家不敢談的問題，比如說亂倫。」這類作品是馬氏的偏愛。順便一提，中國古今文學中，如《紅樓夢》、《雷雨》（曹禺）、《白鹿原》（陳忠實）等，都有亂倫的題材。

　　馬先生偏愛某類作品，對某些華文作家也偏愛有加。話說當年高行健（注意，是認為文學要「冷」、作家要淡泊名利的高行健）完成了長篇小說《靈山》後，

便把手寫（而非整齊打字出來）的文稿呈獻給瑞典的馬大爺，這其中已有高氏渴望推薦、熱衷諾獎名利之意，而瑞典這位大爺竟然親自動手把數十萬言的《靈山》譯成瑞典文。余國藩用十年時間譯《西遊記》為英文；黃國彬譯但丁的《神曲》為中文，前後用了二十年。關於作品的價值及其翻譯，我們不宜把《靈山》和《神曲》《西遊記》相提並論，這裏要指出的是，着手翻譯《靈山》時，馬氏馬齒已增，至少是 65 歲了。譯這部長篇小說，要花掉馬氏多少寶貴的時間和精力。馬氏的寶貴時間和精力，應該用於閱讀每年諾獎五人組推薦的幾位候選人的著作，以盡院士的重大責任；應該用於廣泛閱讀華文文學作品及相關評論，以盡「唯一懂中文」院士的重大而特殊的責任。而他竟然把寶貴的時間、精力用於翻譯《靈山》及高氏的其他作品，以及其他某些獲偏愛的華文作家的作品。夏志清為中國現代小說的重量級研究者、批評家，人們戲稱他為「夏判官」。判官要鐵面無私，甚至冷面無情；常常熱情洋溢如夏日的夏公，是否如此，我們不得而知。身為全球威望最高的諾獎「判官」之一，馬公絕對應該儘量做到鐵面無私甚至冷面無情的，這樣才真正是在華文文學界「天下為公，選賢

舉能」的馬公。而他竟然如此。而他更竟然樂於做華文作家所巴結的馬大爺，讓眾多「小蜜蜂」嗡嗡嗡地包圍着、奉迎着。這是馬判官的喜劇還是悲劇？也許是現代主義中「荒誕劇場」的悲喜劇吧！

　　馬悅然先生數十年來研究漢學、翻譯中國文學，頗有建樹，就此而言，他值得我們敬重。然而，靠他這樣一位「褒貶任聲」，議論不夠「精密」「圓通」，未能「圓照」「博觀」，做不到「無私於輕重，不偏於憎愛」的批評家來評定中華當代文學的成就，卻萬分危險。馬先生可敬而不可信。他倒也坦率，在《訪談》中，他說：「我自己原來是學語言的，對於文學理論、文學歷史、文學批評都沒有做過太深的研究，我把自己定位為一個愛好文學的一般讀者。」我們自然不能讓這位「愛好文學的一般讀者」來膺此華文作家諾獎評選的重任。

四、結語：對諾獎「不必過於重視」

　　錢鍾書和余光中都曾表示過，我們不必太重視諾獎。[1] 曾與馬悅然有前嫌而終於冰釋的王蒙這樣圓通地說：「我們與諾獎評審機構應該互相尊重，求同存異，加

強溝通」；此外，與其批評諾獎，不如改善我們中國的文藝評獎，「增加它的權威性、公信力與影響力，也增加它的獎金數額。」

二〇一〇年三月

註釋

1　1986 年 4 月 5 日出版的《文藝報》頭版右上角顯著位置上刊發了下面一則新聞：《著名學者錢鍾書最近發表對「諾貝爾文學獎」看法》。

　　　「蕭伯納說過，諾貝爾設立獎金比他發明炸藥對人類為害更大。當然，蕭伯納自己後來也領取這個獎的。其實咱們對這個獎，不必過於重視。」著名學者錢鍾書是在寓所接受中新社香港分社記者採訪時，發表他對「諾貝爾文學獎」的看法。他說：「只要想一想，不講生存的，已故得獎人裏有黛麗達、海澤、倭鏗、賽珍珠之流，就可見這個獎的意義是否重大了。」在談到博爾赫斯因拿不到諾貝爾獎金而耿耿於懷一事時，錢鍾書說：「這表示他對自己缺乏信念，而對評獎委員似乎又太看重了。」

　　以上轉引自吳泰昌著《我認識的錢鍾書》（上海文藝出版社，2005 年）頁 58。

余光中詩作與詩論表現的
中華文化自信

余光中（1928—2017）為福建永春人，出生於南京。大學教育先後在南京、廈門、台北接受，讀的是外文系；美國愛奧華大學藝術碩士。長期在台灣的大學外文系教書，也曾在香港中文大學中文系教書十年。余教授中西文學修養深厚，著作豐富，有詩、散文、評論、翻譯等不同文類，為當代中華文學大家。二十世紀五六十年代，台灣的文藝西化現象顯著，虛無晦澀的現代主義詩歌流行，余光中拒絕這樣的詩風。他寫詩頌屈原，稱「藍墨水的上游是汨羅江」；對李白、杜甫、蘇東坡、李清照等多所吟詠。他雖然翻譯西方文學作品，介紹西方繪畫、音樂，詠寫西方詩人的篇章反而不多。余氏散文有「余體」雅稱，風格博麗；他形容中文是「倉頡所造，許慎所解，李白所舒放，杜甫所旋緊，義山所織錦，雪芹所刺繡」的美麗文字。其詩其文，表現對中

華文化的自信，也表現對國家的信心。早在 1966 年寫
《當我死時》，稱頌中國是「最美最母親的國度」。1986
年寫《歡呼哈雷》，從彗星說到國家，昂然表示中華「民
族的意志永遠向前／向着熱騰騰的太陽」。

一、西化之風不斷吹襲

　　20 世紀的中華文化，其一大思想潮流是「橫的移
植」而非「縱的繼承」。清朝到了末葉，國家貧弱落後，
百姓泰半愚昧無知，而西方經濟發達、船堅炮利、文化
興旺。眾多憂患之士，為救國救民，要迎來「賽先生」
和「德先生」；反過來，孔家店被打倒，線裝書應扔進茅
坑。知識界提倡「現代化」，也就是「西化」，甚至是全
盤西化。在文學藝術方面，春柳社演出文明戲，胡適宣
示舊體詩的各種「決不能」；文學、文化之根的方塊字，
甚至面臨被廢掉的厄運；歐美的詩歌、小說、戲劇以至
文學理論、文化理論，形形式式全被引進神州大地。舉
例而言，1922 年艾略特（T.S. Eliot）晦澀難懂的《荒原》
（"The Waste Land"）引生了多個中文譯本，其 1917 年
發表的《傳統與個人才華》（"Tradition and the Individual

Talent"），中文譯本有十個八個。

　　1949 年之後的中華學術文化界，西化之風繼續不斷吹襲，文學藝術的各種現代主義（modernism）和後現代主義，包括超現實主義、魔幻現實主義等，在台灣，在香港，1980 年代之後在內地，逐一或同時進入文藝場域，左右了無數作者和受眾的口味。有二千多年詩學傳統的中國，眾多學者只用時新的西方理論，如心理分析、神話原型論、結構主義、後殖民主義等這些，中國自己的文學理論患了「失語症」。西化之風勁吹，吹倒中華文化的大樹小樹。有知識分子忍不住了，向詩歌的「晦澀虛無」說再見，和語言的「惡性西化」劃界限。這人是余光中。余光中在南京和重慶讀小學、中學，中英文俱優，先後在南京、廈門、台北的大學讀的是外文系，對中西文學、文化有深厚的認識；可他在取西經的時候，並沒有忘記中華，更沒有一面倒投向西方。他對中華有信心。

　　余光中在 1949 年三月初考入廈門大學外文系，讀了一個學期。期間他在當地的報紙發表了六七首新詩，這段日子正是他詩歌創作之春。[1] 他是福建永春人，詩歌讓他一生永葆生命之春。廈門幾個月之後，余光中與

家人到了香港，失學的青年也失意。1950 年 5 月乘船抵達台灣，9 月入讀台灣大學外文系，又寫起詩來。1951年 5 月寫的《序詩》自稱為「晚生的浪漫詩人」，要和「表哥」雪萊（Percy Shelly）和濟慈（John Keats）爭勝。這裏我們看到這個外文系學生對英國浪漫主義詩人的仰慕。余光中曾表示一生最喜歡的西方作家是濟慈，《序詩》提到濟慈，兩年後即 1953 年的《弔濟慈》則專為其「逝世百卅二周年紀念」而撰。他譽濟慈為「天才」，說「像彗星一樣短命的詩人／卻留下比恆星長壽的詩章」。這當然是對這位西方詩人極高的評價。他喜歡英詩，創作受到英詩很大的影響，而中國的詩歌在心中早就生了根。

二、「藍墨水的上游是汨羅江」

余光中對屈原的頌讚，比對濟慈早了兩年。1951 年的端午詩人節，他發表《淡水河邊弔屈原》，稱頌其人格的「潔白」，有「傲骨」，感動了「千古的志士」。人格之外，余光中還對屈原的詩歌藝術非常推崇：「但丁荷馬和魏吉的史詩／怎撼動你那悲壯的楚辭？」換言之，

屈原與西方古代的大詩人相比毫不遜色。屈原是滋潤後學的水源:「那淺淺的一彎汨羅江江水／灌溉着天下詩人的驕傲!」請注意,這裏說的是「天下詩人」,可誇張地解釋為包括全世界詩人的。

　　說說屈原和汨羅江這個典故。2005 年,湖南省岳陽市舉辦端午節祭屈原盛典,余光中從台灣來赴會,主持活動;長沙詩評家李元洛參與其間,事後為文記述:汨羅江兩岸「簇擁」着約三十萬人,聽余光中朗誦新寫的《汨羅江神》,而江畔「許多橫幅上書寫的是『藍墨水的上游是汨羅江』的字樣」。李元洛追查這個句子的來源,發現余光中 1976 年 6 月寫的《詩魂在南方》,其結語正有「藍墨水的上游是汨羅江」這十個字。[2] 重讀余氏詩文,我發現這「十字真言」或這樣的詞意,在余光中的作品出現了很多次。例如,1994 年在香港中文大學舉行的文學研討會上,他的主旨發言就題為《藍墨水的上游是汨羅江》。[3] 如果要為此語溯源,則其源頭顯然就在 1951 年《淡水河邊弔屈原》這首詩裏。寫此詩的時候,余光中抵達台灣大約一年。他想念憂國懷鄉的屈原,且特別提到地理上遠離台灣的汨羅江;這隱約有一種鄉愁在裏面,既是家國地理上的鄉愁,也是文學的鄉愁。

　　屈原是中國詩歌之祖，屈原之外，余光中還吟詠
李白、杜甫、蘇東坡、李清照等古代詩人，或論述李
賀、龔自珍等等歷代眾多詩人的作品，表示對中國文學
的欣賞、讚美和受益。他的這些詠懷古代詩人的詩，或
豪邁，或沉鬱，或曠達，收穫過很多掌聲。非常著名的
《尋李白》（1980 年作）有這樣的一段：

　　　　樹敵如林，世人皆欲殺
　　　　肝硬化怎殺得死你？
　　　　酒入豪腸，七分釀成了月光
　　　　餘下的三分嘯成劍氣
　　　　繡口一吐就半個盛唐
　　　　從開元到天寶，從洛陽到咸陽
　　　　冠蓋滿途車騎的囂鬧
　　　　不及千年後你的一首
　　　　水晶絕句輕叩我額頭
　　　　當地一彈挑起的迴音

　　其中大氣的「酒入豪腸，七分釀成了月光／餘下的
三分嘯成劍氣／繡口一吐就半個盛唐」幾行，喝彩者、
徵引者無數。「不及千年後你的一首／水晶絕句」之說，
更極言李白詩的不朽魅力。余光中讀英詩、教英詩、譯

英詩、評英詩，我卻未曾看到他對英詩有這樣高度的讚譽。他有兩首詩專寫杜甫，1979 年的《湘逝》對晚年詩聖遭遇寄予無限的同情；2006 年寫的《草堂祭杜甫》，則謂古詩人一生雖苦，作品卻光照萬代：「安史之亂最憔悴的難民／成就歷史最輝煌的詩聖」。《文心雕龍》首篇首句是「文之為德也大矣」，余光中稱頌杜甫，說其詩的文化功德有如是者：「安祿山踏碎的山河／你要用格律來修補」。2016 年夏天余光中跌倒受傷頗重，自此身體轉弱。此年詩翁 88 歲，可能感到來日無多，乃儘量奮筆疾書，傾吐未了的心聲。2017 年 1 月，他寫了《詩史與史詩》一文，開篇即曰：

> 杜甫的詩，我每讀一首，都在佩服之餘，慶幸中華民族出了如此偉大的詩宗。[…]杜甫有詩史之譽，但學者每以他未曾寫史詩而引以為憾。現在我要挺身為他辯護，肯定他一生寫了那麼多詩文，合而觀之，其實也可稱史詩。

經過一番論證，余光中在文末總結道：「『詩史』（即杜甫）可謂創作了『史詩』，可列於國際的史詩而無愧。」

流沙河 1988 年撰文評述余光中的詩，說這個時候

他已萌生「向晚意識」。[4] 不到六十歲時已如此，八旬之後應該更甚。一生親炙中英詩歌的老學者，2014年秋天寫的《半途》，回顧一生，至少是大半生，體會晚景，發現「遠古／三閭大夫，五柳先生，大小李杜／[⋯] 近得像要對我耳語」。請注意，《半途》提到屈原、陶潛、李白、杜甫之外，還有此詩末尾的蘇軾；西方的呢，除了荷蘭畫家梵谷，沒有其他，連他最欣賞的西方詩人濟慈也「見外」。余光中生命之冬的思維，縈繞的是他所尊所敬至聖至賢的中華詩宗。他對中華的詩歌文化一向肯定，對其藝術價值一向充滿信心。

三、和晦澀難懂的現代主義詩歌告別

　　本文開首提到「橫的移植」而非「縱的繼承」一語，這正是台灣1953年紀弦等人創辦《現代詩》雜誌時的宣言：他們寫詩，要把現代西方的詩移植過來，因為西方的詩才好，才合潮流；他們不要繼承中國詩的傳統，因為它落伍了。這是全盤西化或接近全盤西化的論調。在海峽對岸，二十世紀八十年代改革開放伊始，很多內地詩人或愛上朦朧或染上晦澀，一切向西方看齊。

流沙河描述當時情景，是那些新秀詩兄，穿必喇叭其褲管，言必稱引艾略特。有在朦朦朧朧中獲得明顯盛譽的詩人，被問及對待中國傳統文學態度時，竟答以不清楚傳統更不受傳統影響。這類人可謂為黃皮白心的香蕉詩人。

要說明崇洋騖新的嚴重程度，不能不舉余光中和洛夫間的《天狼星》事件。余光中 1952 年從台大畢業，從事翻譯工作，後來在大學任教。1958 年得到留學美國一年的機會，赴愛奧華大學（University of Iowa）進修，研習文學、繪畫等藝術，對當年盛行的現代主義有第一類接觸；這以後兩三年間發表的詩，也帶點「浪子」氣味。所謂浪子，乃相對於「孝子」而言。浪子趨附西方文藝，孝子固守中國傳統（浪子與孝子是余光中當年文章中所用的比喻）。余光中 1961 年發表的長詩《天狼星》，就有點「浪遊」的痕跡。

1949 年後，台灣在經濟、政治、軍事各方面都依賴美國，這超級強國的文化也順勢影響到台灣。洛夫在西洋弄潮，寫出其前衛的《石室的死亡》《手術枱上的男子》等篇，同時對東方同行寫的《天狼星》加以批判。批判什麼呢？竟然是：余光中的《天狼星》「面目爽朗，

脈絡清晰，[因而]詩意稀薄而構成《天》詩失敗的一面的基本因素」。洛夫這篇《天狼星論》長文還指出：「在現代藝術思想中，人是空虛的，無意義的，[⋯]研究人的結論只是空虛，人的生活只是荒謬」；可是余光中的《天狼星》對人的寫法並非如此，因而此詩「是必然失敗的」。台灣大學的張健，旁觀事態，驚訝於洛夫的評論，認為洛夫所為是「觀念中毒」的表現。余光中的驚詫應該過於張健，他奮筆直書寫了回應長文，題為《再見，虛無》，決然與西方語言晦澀思想虛無的現代主義詩歌告別。此外，1962年他發表《從古典詩到現代詩》一文，寫道：

> 我看透了以存在主義（他們所認識的存在主義）為其「哲學基礎」，以超現實主義為其表現手法的那種惡魔，那種面目模糊，語言含混，節奏破碎的「自我虐狂」。這種否定一切的虛無太可怕了，也太危險了。我終於向它說再見了。

他這裏所寫，用西方比較時髦的說法（我本人對西方的種種，一向擇其善者而用之）則是：余光中當年解構了西方關於詩歌創作的霸權話語。

　　為什麼要和晦澀難懂的現代主義詩告別？先略說現代主義的來源。第一次大戰對歐洲的破壞極大，戰後西方眾多知識分子對其文化產生幻滅感，心態灰暗；加上科學君臨天下，人文的學者、作者為了有所創造，爭取與科學具同等地位，乃狂力顛覆傳統，而變化出新風新潮。中華的學者、作者，一直自卑於本身國家文化的落後，乃唯西化是務，事事跟風，成為「後學」，其「創作」也就顛覆傳統起來，晦澀難懂起來。這是十足的東施效顰。

　　言為心聲，詩人寫作，當然都希望與人溝通，引起共鳴，作品傳諸長遠。然而，現代主義式的顛覆性寫作卻使得其傳播困難重重，以至不可能。呂進有「詩歌絕不是私歌」之說，認為詩人發表作品，作品「最終應該從詩人的內心進入讀者的內心」，能如此，則傳播成功；反過來說，詩人的「私語化」書寫會大大「影響傳播」。[5] 我們知道，現代主義的詩，其本色正是支離破碎形同夢囈的個人化竊竊私語。梁笑梅也從傳播學的觀點，討論余光中的詩如何廣獲讀者「接受」：余氏作品「充實、明朗」；他不同於 1950 年代和 1960 年代台灣的現代主義詩人，這些人「追求零散的思維、瞬間的感覺，記錄『自動語

言』」，所作和讀者溝通不了，因而「失去了民眾」。[6]

現代主義晦澀難懂的東西，至今存在，至今為人詬病，也至今有「擁蠆」。[7]余光中數十年來反對這樣的東西，常常口誅筆伐。他、向明和我擔任過台灣一大文學獎好幾屆的詩組批判，我們發現大量參賽的作品，實在解讀唯艱。十餘年前的一屆，余光中和向明有下面的評語（我當時把余光中的幾份評語影印保存了）：「意象跳得太快，甚至互相排斥」；「太晦澀」；「太雜太繁」；「讀了三遍，仍不明所以」；「取象怪異，如入洪荒，亂相畢露」；「非常異類，難尋脈絡」。我寫的評語和他們同調甚至「同文」。2010 年 10 月，余光中在高雄中山大學一個文學研討會上，更針對新詩說了重話，我親耳聽到的：「什麼大報設的現代詩獎，我不再做評判了。現代詩沉淪了，我不再讀現代詩，寧可讀古老的《詩經》《楚辭》！」

盲目崇洋的東西，使他氣憤，使他反感，以至使他失去對現代詩的信心──反諷的是他自己寫了幾十年的新詩或謂現代詩（當然他寫的現代詩絕不一樣）。他的信心在中國的古典，因此才聲稱「寧可讀古老的《詩經》《楚辭》」！有深厚雅正鑒賞力的讀者，閱讀李白、杜

甫、蘇東坡、李清照等古代作品，或西方 19 世紀及以
前的經典詩歌，認識到古人的詩法、詩藝，才是正道。
以篇幅頗長、情意沉鬱的老杜七律《秋興八首》為例，
儘管內容古今馳騁、場景轉換、人事眾多、意象紛繁，
它絕不支離破碎，絕不面目模糊，它有可解的主題、明
晰的脈絡、嚴謹的結構。須知道，詩的題材和主題，詩
人可自由選定；詩的形式、詩的藝術，有其亙古傳下來
的普遍性規律。余光中對中華古典詩歌的藝術法則和價
值充滿信心。

四、「李白所舒放杜甫所旋緊義山所織錦」
　　的美麗中文

　　1960 年代批判了「惡性西化」的詩論，余光中回顧
傳統，在東方滋長出朵朵蓮花，就是詩集《蓮的聯想》
中那些他稱為「新古典主義」的篇章。他維護中國優良
的傳統，汲取西方文學的營養，但剔除西方現代文學中
的「惡性」元素，「守正創新」地與妙思（Muse）交往，
繼續從事新詩創作。上面已舉出了他所寫的《尋李白》
等詩，說明其詩的中國文化特質，說明其表現的中華文

化自信，以下就此再加申論。

　　Muse 多中譯為繆思，為希臘神話中掌管詩歌、歷史等的女神。余光中作品集的書名，有一本是《左手的繆思》，一本是《敲打樂》，兩者題目都西化。另一方面，書名與中國文化相關的，比前一類書名多得多，如《掌上雨》（來自唐代崔顥詩句「仙人掌上雨初晴」）、《逍遙遊》、《鬼雨》（李賀詩句「鬼雨泣空草」）、《舉杯向天笑》（李白詩句）、《井然有序》、《白玉苦瓜》、《五行無阻》、《紫荊賦》（「賦」是中國的一種傳統文體）、《藕神》（講的是李清照）、《藍墨水的下游》（這裏暗含屈原和汨羅江之意）等等，都有中國的典故，或用的是中國的成語。他持守中國文化。

　　余光中在重陽節出生，自稱「茱萸的孩子」（傅孟麗寫的余光中傳記即以此為名），「茱萸」典出中國古代傳說，他的出生日子就離不開中國文化。他除了十年在香港任中文大學中文系的教授，其餘幾十年都在台灣的外文系任教，他的英美文學修養深厚不在話下。其論著名字（包括書名和長文題目）有中西兼顧的，如《從徐霞客到梵谷》《龔自珍與雪萊》等，但無疑以涉及中國的為主。他翻譯英美文學，包括詩歌、散文、小說、戲劇

四種文類，但他以詩以文詠歎西方詩人的，寥寥只得莎
浮、莎士比亞、濟慈幾個，吟詠中國的則多不勝數。關
於屈原的詩，他寫了約十首；李白的至少有三首，杜甫
的至少有兩首，此外還有關於陳子昂的、王維的、蘇東
坡的、李清照的，如此等等。一句話，這位外文系教授
一生安的是一顆中國心。

為什麼吟詠這些中國傳統的詩宗文豪？因為余光中
對他們及其作品，有感懷有喜愛有敬意。他吟詠中國歷
代傑出、偉大的作家，他稱頌中文的美麗。我經常引他
一句讚美中文的話。余光中在南京出生，曾就讀於金陵
大學（後來的南京大學）。2000 年重陽節他 72 歲應邀
訪問南大，發表演講，一年後撰寫《金陵子弟江湖客》
一文記述其事。演講時他訴說自己對中文「這母語的孺
慕與經營」，這母語是「倉頡所造許慎所解李白所舒放
杜甫所旋緊義山所織錦雪芹所刺繡的」美麗文字。他一
生堅毅地、喜悅地應用、經營這樣的文字。

余光中寫詩有快有慢，神來之筆一揮而就，與「含
筆腐毫」式苦吟，兩種情景都存在。他寫詩時巧心經
營，使讀者得以享受其無盡的佳篇雋句；其散文也精彩
迭出，更有「余體」之譽。隨便舉其美文一段為例。他

這樣描述從事創作的原由：「我寫作，是迫不得已，就像打噴嚏，卻憑空噴出了彩霞；又像是咳嗽，不得不咳，索性咳成了音樂。」他早年為創新散文而發表的主張，論者多知曉：

> 在《逍遙遊》《鬼雨》一類的作品裏，我倒當真想在中國文字的風火爐中，煉出一顆丹來。我嘗試在這一類作品裏，把中國的文字壓縮、捶扁、拉長、磨利，把它拆開又併攏，折來且疊去，為了試驗它的速度、密度和彈性。我的理想是要讓中國的文字，在變化各殊的句法中交響成一個大樂隊，而作家的筆應該一揮百應，如交響樂的指揮杖。（余光中 1960 年代散文集《逍遙遊》《後記》）

他汲取西方文學的營養，但拒絕「惡性西化」，他有信心美麗的中文能讓他揮灑出璀璨的詩文。

五、《當我死時》：「在中國，最美最母親的　　國度」

余光中用左手寫散文，用右手寫詩。「詩是余家事」，是他幾種文類中的至尊；他用心以至苦心淬煉揮

灑，成績燦然偉然。這位詩宗文豪一生寫詩一千多首，中國古代的文學、藝術、歷史元素豐富，中華各地的社會、文化各種題材包羅廣袤。這裏舉其 1966 年 2 月寫的《當我死時》，首先略析其寫法，看他所豎立的詩歌藝術範例；其次看他怎樣寫當時一個中華知識分子的家國情懷。先引述此名詩如下：

當我死時，葬我，在長江與黃河

之間，枕我的頭顱，白髮蓋着黑土

在中國，最美最母親的國度

我便坦然睡去，睡整張大陸

聽兩側，安魂曲起自長江，黃河

兩管永生的音樂，滔滔，朝東

這是最縱容最寬闊的牀

讓一顆心滿足地睡去，滿足地想

從前，一個中國的青年曾經

在冰凍的密西根向西瞭望

想望透黑夜看中國的黎明

用十七年未饜中國的眼睛

饕餮地圖，從西湖到太湖

到多鷓鴣的重慶，代替回鄉

　　他反對台灣現代主義詩的「晦澀難懂」的寫法，這首《當我死時》貫徹他一向的明朗（明朗而耐讀）詩風。1966 年余光中在美國密西根州一大學當客座教授，身處異鄉，非常懷念闊別十七年的祖國，寫了此詩。本詩的時空背景交代清晰，情意轉折——祥和、滿足、感歎、希望、懷想——有脈絡可循，意象豐盈而眉清目秀，可讀可解，寫法簡直是和西方盛行、東方趨附的現代主義破碎支離晦澀作風「對着幹」。西方古典詩歌不是破碎支離晦澀的，中國古典詩歌更非如此。

　　余光中對中國古典詩歌的寫法有信心有鑒賞力，他行走詩歌的高光大道，即上面講過的講究形象思維，講究音樂性，有主題，結構完整，脈絡清晰。余光中不排斥西方，《當我死時》援用的正是西方的經典詩體十四行詩（sonnet），對其格律不很嚴格地亦步亦趨。這西洋的酒瓶，裝的是中華的佳釀。余光中一生用大量的作品為實際例證，建構了一種「半自由半格律」的新詩體式，我認為這方面的詩學成就，堪與唐代杜甫的確立五七言律詩相比。余光中建立的詩法，可說是基於對中華文化的一種自信；憑着這份自信，他抗拒了西方來勢洶猛的現代主義。

　　《當我死時》在詩歌形式、詩歌藝術之外，還呈現對

國家的信念。「在中國，最美最母親的國度」，這是余光中對家國的無上親愛和讚美。經過抗戰的苦難歲月，知道當年大陸各種政治運動帶來的動盪不安，身處世界經濟、政治、文化最強大的國家，而 1966 年的余光中，說中國是「最美最母親的國度」。母親，在這位詩人心中，就是鄉土;《鄉愁四韻》(1974 年作) 的末節寫道:「給我一朵臘梅香啊臘梅香／母親一樣的臘梅香／母親的芬芳／是鄉土的芬芳／給我一朵臘梅香啊臘梅香」。這一節可說是余光中《臘梅》(1968 年作) 中「想古中國多像一株臘梅／那氣味，近時不覺／遠時，遠時才加倍地清香」句子的加強版。詩人希望死後葬在大陸，這反映很多中國人根深蒂固的觀念，要葉落歸根；因為愛這個國家，其生命之根在這個國家。

六、民族的意志永遠向前，向太陽

余光中的母親就是中國，就是大陸。1974 年他寫的《白玉苦瓜——故宮博物院所藏》，我發表過長文詳加析論的 [8]，分明也有此情意。《當我死時》和《白玉苦瓜》的莊重深情表白之外，1998 年發表的《從母親

到外遇》一文開玩笑談「四個女性」時，其意不變：他
認為「大陸是母親，台灣是妻子，香港是情人，歐洲是
外遇」。（他曾戲言自己是「藝術的多妻主義者」，「四
個女性」說早有「前科」。）無論如何，說大陸是母親，
這是非常認真的。他愛這個母親，不論她遭受過多少橫
逆不幸；《忘川》一詩，1969 年 3 月在香港時所作的，
感懷於近代中國的歷史，他這樣驚人、感人地寫道：「患
了梅毒依舊是母親」。1971 年發表的《民歌》，是另一
篇動盪時代對民族信心的宣言：中華精神不朽！　2017
年 12 月余光中逝世後，央視的一個節目《朗讀者》播
出詩人在世時對此詩的朗誦，朗誦前他說：「這首詩是
獻給中華民族的，象徵中華民族，一代傳一代，不朽的
精神。」這首詩的知名度，大概僅次於《鄉愁》，這裏
不引述了。

　　在動盪不安的時代，余光中有或深沉或激越的慨
歎，但他堅信國家會走向光明。1968 年作的詩《有一個
孕婦》有註釋：他認為「下一代定比我們幸運，一個富
強康樂的中國遲早會出現」。1986 年，哈雷彗星「來訪」
地球，天文知識豐富、常常仰觀星象的余光中，眼觀難
得出現的天象，心懷縈繞不絕的國情。這 76 年一巡迴

的彗星，又名掃把星，它出現時「帶來惡夢、戰爭、革命、瘟疫與橫死」；余光中為哈雷辯解，所謂天災實在是人禍。下次來訪時，世界會是什麼樣子呢？《歡呼哈雷》（1986 年 3 月作）這樣結尾：

> 下次你路過，人間已無我
> 但我的國家，依然是五嶽向上
> 一切江河依然是滾滾向東方
> 民族的意志永遠向前
> 向着熱騰騰的太陽，跟你一樣

文化是一國的根基，一國的文化博大深厚，歷史上有輝煌強盛的時代，則雖然經歷動亂苦難，應能撥亂反正，重致昌明。余光中對中華文化具有信心。1949 年 7 月隨母親離開廈門赴香港，在香港逗留一年後到台灣，至 1992 年 9 月應邀從台灣赴北京講學，和大陸分離了 43 年。此後二十多年，一直到離世，他參訪大陸不下數十次。1995 年廈門大學校慶，他應邀返回母校參加慶典並講學，回台後寫了《浪子回頭》一詩，其中感慨萬端的「掉頭一去是風吹黑髮，回首再來已雪滿白頭」兩句，成為眾人傳誦的名句。1992 年之後，返回大陸次數

多了，親聞目睹的事物多了，2002 年 6 月寫的《新大陸，舊大陸》的末段這樣說：

> 是啊，我回去的是這樣一個新大陸：一個新興的民族要在秦磚漢瓦、金縷玉衣、長城運河的背景上，建設一個嶄新的世紀。這民族能屈能伸，只要能伸，就能夠發揮其天才，抖擻其志氣，創出令世界刮目的氣象來。

回顧上面引述過的 1968 年所作《有一個孕婦》的註釋（余光中認為「下一代定比我們幸運，一個富強康樂的中國遲早會出現」），他的「中華文化自信」顯然並不虛妄：他先是預言，後來是目睹了實在的新氣象。

七、余光中「以中國的名字為榮」，以自己的名字……

余光中懷有中華文化的自信，但他絕對不是個「國粹派」；他愛中國文化，也「哀」它。1966 年 2 月寫的《哀龍》，「所哀者乃中國文化之老化，與當時極端保守人士之泥古、崇古」；同月所寫的《敲打樂》，涉及對「我們文化界的抱殘守缺」的批評，以及對「整肅了屈原」的

責難。[9] 對於西方文化，他沒有無端的排斥，只反對中華詩人盲目跟風西方現代主義的詩。余光中翻譯《梵谷傳》、王爾德的喜劇、海明威的小說、濟慈的詩，他欣賞西方的音樂、繪畫，為此寫過許多相關的評論；他喜愛駕駛西人發明的汽車，在美國的公路高速甚至超速馳騁，他喜歡西式的牛奶和蛋糕早餐。然而，中華文化是他的根。西潮洶湧，甚至向東捲來時勢如海嘯；余光中在《從母親到外遇》激越地說：「這許多年來，我所以在詩中狂呼着、低囈着中國，無非是一念耿耿為自己喊魂。不然我真會魂飛魄散，被西潮淘空。」以本文重點論述的詩而論，現代主義的極端西潮是個例子。屈原、李白、杜甫、蘇軾、李清照等等中國經典作家救了他，使他不致於「魂飛魄散，被西潮淘空」。在兼採西方之長之際，余光中守護中華詩學、守護中華文化的立場堅定。

以其天縱英才與畢生勤奮，「與永恆拔河」的余光中，其五色璀璨之筆成就了文學偉業。二十多年前，我曾這樣概括余光中創作的成就：

　　余光中的詩篇融匯傳統與現代、中國與西方，題材廣闊，情思深邃，風格屢變，技巧多姿，明朗而耐讀，他可戴中國現代詩的高貴桂冠

而無愧。紫色有高貴尊崇的象徵意涵，所以說他用紫色筆來寫詩。

　　余教授的散文集，從《左手的繆思》到《隔水呼渡》，共十多本，享譽文苑，長銷不衰。他的散文，別具風格，尤其是青壯年時期的作品，如《逍遙遊》《望鄉的牧神》諸卷篇章，氣魄雄奇，色彩燦麗，白話、文言、西化體交融，號稱「余體」。他因此建立了美名，也賺到了可觀的潤筆。所以說，光中先生用金色筆來寫散文。

　　文學評論出於余先生的另一支筆。在《分水嶺上》《從徐霞客到梵谷》等書和其他文章裏，他的評論出入古今，有古典主義的明晰說理，有浪漫主義的豐盈意象，解釋有度，褒貶有據，於剖情析采之際，力求公正，效黑面包公之判斷。光中先生用黑色筆來寫評論。

　　余教授又是位資深的編輯。《藍星》《文星》《現代文學》諸雜誌以及《中華現代文學大系》《我的心在天安門》等選集，其內容都由他的硃砂筆圈點而成。他選文時既有標準，又能有容乃大，結果是為文壇建樹了一座座醒目的豐碑。他批閱學生作業，尤其嚴謹。光中先生用紅色筆來編輯文學作品。

第五支，是余教授的譯筆。這支健筆揮動了數十年，成品豐富無比。他「中譯英」過中國的現代詩；也「英譯中」過英美的詩歌、小說以至戲劇。他教翻譯，做翻譯獎評判，主張要譯原意，不一定要譯原文。他力陳惡性西化的翻譯體文字之弊，做清通多姿漢語的守護天使。在色彩的象徵中，藍色有信實和忠貞的寓意。光中先生用藍色筆來翻譯。

五色之中，金、紫最為輝煌。他上承中國文學傳統，旁採西洋藝術，於新詩、散文的貢獻，近於杜甫之博大與創新，有如韓潮蘇海的集成與開拓。（節錄自黃維樑編《璀璨的五彩筆》一書的《導言》）

現在如果要「修訂」對其成就的評價，那自然是「五彩＋」了。

「文化自信」是近年的熱詞。當代的中華知識分子，在認識中國古代人文與科學各方面的輝煌表現、在感知目前國家經濟、科學、民生、文化各方面的飛躍發展之際，自應秉持這個理念。本文述論余光中對中華文化的自信，固然是為了寫文章「與時俱進」，但絕無「為文造情」（《文心雕龍》語）之處。余光中並非「國粹派」，知道中國古今多有不美不善的人事物，卻一生衷心守護

中華文化，筆者也如此。我早在讀大學時期，就尊崇
《文心雕龍》，應用其理論於實際批評，多年來更致力讓
「雕龍成為飛龍」[10]；我早在讀大學時期，就為文推崇具
中華文化自信的余光中。[11]

　　至於余光中，上文已縱橫多方面對本文的主題加以
闡釋。文章之末，我補充引述他一些文字。1969 年 7
月他 41 歲，在第三度去美國的前夕寫的《蒲公英的歲
月》，記述他從前旅居美國的遊子「離散」（diaspora）情
懷，他「向《紐約時報》的油墨去狂嗅中國古遠的芳
芬」；他的根在中國，他以中國為榮。是的，這篇文章
簡短的末段是：「他（余光中）以中國的名字為榮。有一
天，中國亦將以他的名字。」這是對國家何等的信心，
對自己何等的信心！20 世紀以來，中華文學界眾多人
士，對西方主辦的諾貝爾文學獎頂禮膜拜，趨之若鶩。
2009 年余光中在南京被記者問及對此獎的看法，充滿智
慧的耄耋詩人淡定地說：「我們的民族要有自信一點，幾
個瑞典人的口味，決定不了什麼。」[12] 他對中華民族有
自信，對中華文學文化有自信。

二〇二一年六月

註釋

1 1948 年 10 月在南京寫的《沙浮投海》是余光中的第一首
   新詩。讀西方文學，為古希臘這位女詩人代言其不幸，是
   情理中事。順此說明：本文的附註大致上從簡；所引余光
   中詩文的出處一般從略，我標示其寫作或發表年月，讀者
   可循此找到原詩、原文；有些地方有需要註明出處，卻因
   為手邊文獻不全而不能。疫情影響深遠，我寫作本文時人
   在深圳，難以過境到香港查閱我的藏書等資料。

2 2005 年岳陽活動種種，參見李元洛、黃維樑合著《壯麗余
   光中》（北京：九州出版社，2018）裏李元洛《花開時節又
   逢君──余光中印象記》一文，頁 60、61。

3 參看黃維樑編《中華文學的現在和未來──兩岸暨港澳文學
   交流研討會論文集》（香港：鑪峰學會，1994 年）頁 8─13。

4 參看流沙河《詩人余光中的香港時期》，載於黃維樑編《璀
   璨的五彩筆──余光中作品評論集（1979─1993）》（台
   北：九歌出版社，1994 年）。

5 引自《中國詩歌網》的呂進《詩歌絕不是「私歌」》一文；
   此文來自 2017 年 11 月 17 日的《中國藝術報》。

6 參看梁笑梅《壯麗的歌者：余光中詩藝研究》（重慶：西南
   師範大學出版社，2006 年），頁 78。

7 吳曉東《二十世紀的詩心──中國新詩論集》（北京：北京大
   學出版社，2010 年）一書對北島的詩有如下的評語（節選）：
   「在 20 世紀 70 年代後的中國文學史中，北島堪稱是有限的幾

個已經被經典化了的作家之一」（頁 1）；「超現實主義也構成了北島詩中的重要技藝」（頁 6）；「正是對超現實主義藝術的充分領悟，使北島擅長在詩中建構獨特的空間形式，或是夢幻般的意象空間，或是荒誕化的異度空間」（頁 6）；「詩所處理的話題是關於『完整』的，但完整的形式烘托的是實質的殘缺，最終展示出來的是零散而破碎的圖畫」（頁 16）；其作品表現「文本內在秩序的闕如」（頁 16）；「組合這些語詞的邏輯鏈條只能是一種超現實主義的非邏輯的聯想軸」（頁 17）；「他在淡化自己的政治身份的同時，追求的是『詩更往裏走，更想探討自己內心歷程，更複雜，更難懂』」（頁 21）。

8　此文收於黃維樑編《火浴的鳳凰——余光中作品評論集》（台北：純文學出版社，1979 年）一書。

9　余光中《敲打樂》（台北：九歌出版社，1986 年）的《新版自序》，頁 11、13。

10　關於我本人的「中華文化自信」，可參看若干拙著，包括《文心雕龍：體系與應用》（香港：文思出版社，2016 年）；也請參看戴文靜、黃維樑《比較文學視域下中國古典文論現代應用的先行者——黃維樑教授訪談錄》，載於《華文文學》2020 年第 6 期，頁 105 — 121。

11　參看黃維樑編《火浴的鳳凰：余光中作品評論集》（台北：純文學出版社，1979 年）及黃維樑著《壯麗：余光中論》（香港：文思出版社，2014 年）等書。

12　引自余光中著、梁笑梅編《余光中對話集》〔封面、書脊和扉頁有副標題《凡我在處，就是中國》〕（北京：人民日報出版社，2011 年），頁 292。

「仁義禮智信」與「真善美」

——中華文化蘊含人類共同價值觀略說

一、五常：仁義禮智信

　　世界有幾百個國家，許多國家歷史悠久、民族複雜、語言多元、文化繁富。中西（中外）文化，自其異者而觀之，則千差萬別。自其同者而觀之，則有共同的基本理念、核心價值，包括各種共同的品格行為準則；中西（中外）文化是大同的。《文心雕龍》作者劉勰1500 年前說過：「至道終極，理歸乎一；妙法真境，本固無二；[⋯] 故孔釋教殊而道契。」錢鍾書的《談藝錄》《管錐編》《七綴集》等著作，舉出如長河大海般古今中外的事物和理論，說明「東海西海，心理攸同」。從古代的《周易》《詩經》等典籍一路讀下來，一邊讀一邊思考，一邊與現代社會、與西方文化比照，我們會發現中華優秀傳統文化蘊含了多種人類共同重視的價值觀。本

文只述説古代的「五常」和近世的「新三綱」。

《孟子》二千多年前有「仁義禮智」四端説，孟子二百年後，董仲舒加上「信」，成為「五常」。對「仁義禮智信」五種美德的闡釋，五德共論的，或個別一德一論的，歷來的著述車載斗量。八百年前開始流行的《三字經》：「曰仁義，禮智信；此五常，不容紊。」自此「五常」説童蒙也記住了，知道要奉為品行的準則了。中國的五常米甘香可口；五常説呢，深入人心，還深入黌宮——例如，澳門大學即以「仁義禮智信」為其校訓。（中華各地的大學校訓，蘊含了許多傳統的價值觀，不知道有沒有學者做過系統性的研究。）

「仁義禮智信」在西方獲得「接受」嗎？獲得認同為人的美德（virtues）嗎？西方的人文學者對中國「仁」「義」「禮」等概念的個別解説甚多，這裏不能枚舉。有沒有把「五常」當作一組概念加以闡説的，我見識所限，目前沒有答案。我們且看看西方實際上怎樣論述人的美德。傳統的，隨意舉個例子。莎翁名劇《羅密歐與朱麗葉》中，女主角的乳母是這樣讚美羅密歐的：他「像是一位誠實的君子，一位有禮貌的，挺和氣的，漂亮的，而且我敢説是很有德性的」（like an honest gentleman, and a courteous, and a kind, and a handsome, and, I warrant, a virtuous）；根據乳母這裏的話，羅密歐「五常」的美德都有了。

當前個人或國家（社會）的行為，重視不重視這「五常」呢？戰爭持續好幾個月了，在破壞、殘酷之際，各國政要都呼籲為逃難的平民開闢「人道主義通道」；此即「仁」也，benevolent, compassionate, kind-hearted, humanitarian 也。有政府立法禁止婦女墮胎，這合理嗎？合宜嗎（「義者宜也」）？公義嗎？立此不義的「惡法」者，都遭受抗議、譴責；此「義」也，just, righteous, appropriate 也。一國的君王「薨」了，成為全球大新聞，看官，從宣佈噩耗到舉行葬禮，期間有繁文縟節大大小小多少的禮儀；此「禮」也，ceremonial, ritual, courteous 也。

某國豪擲幾百億美金研發電子科技智慧產品，某國制定法例保護知識產權，某國呼籲憑智慧解決外交難題；此「智」也，intelligent, intellectual, learned, wise 也。（知識不足的翻譯者，把 Mencius[孟子] 翻譯成門修斯；把 Chiang Kai-shek[蔣介石] 翻譯成常凱申；把赤腳大仙翻譯成 red-footed immortal。）現代社會信用卡流行，人人講「信用」，國與國交往重誠信（國而無信不知其可

也）；此「信」也，honest, faithful, credible, trustworthy, trustful 也。

　　仁義禮智信是個人行為的準則，也是國家行為的準則。聯合國安全理事會的五個常任理事國，如果都具備且實踐「五常」美德，且感染、號召世界其他各國都推行這「五常」，則世界和平人類幸福，全球真善美了！

二、新三綱：真善美

　　我在香港讀小學時，已看到真善美三個字寫在一起；大學時此三字尤其令我難忘：明明叫作《音樂之聲》（*The Sound of Music*）的電影，台灣偏偏翻譯為《真善美》（香港則翻譯為《仙樂飄飄處處聞》，好像講的是唐明皇楊貴妃的故事）。此三字片語經常出現。電影之外，當代有歌曲、有醫院、有很多個品牌都叫「真善美」；有雜誌名為《真善美》（1989 年創刊），有書名為《真善美的哲學與教育》（2004 年出版）、《真善美宣言》（2009年出版）；2017 年 5 月 27 日離退休幹部局的一位任女士上網貼文，首句便是「人，應該追求真善美」。我查找復查找，原來周璇早有歌曲《真善美》，是 1943 年電影

《鸞鳳和鳴》的插曲。

　　劍橋大學的「三一學院」，取名自基督教「聖父聖子聖靈」的三位一體；香港一個黑社會「三合會」，名字來自 17 世紀清代的一個祕密組織；真善美三個字呢，《三字經》裏顯然沒有。尋找復尋找，想知道這三個字最早出自哪本中華典籍，卻一直失望。《辭海》有「真理報」等多個三字詞條，就是沒有詞條曰「真善美」。網上詞典對此詞的解釋是：「真善美，是一個漢語詞語，意思為真實美好。」這解釋言簡而意不賅。「哲學中國網」2015 年 7 月 16 日有貼文題為《「真善美」探源》，作者只溯源到曾樸的《真美善》雜誌。其實這條資訊我已把握：曾樸 1927 年 10 月在上海創辦「真美善書店」和《真美善》雜誌。請注意，這裏的詞序是「真美善」而不是「真善美」。

　　我大膽假設真善美這三字詞來自西方。西方從希臘、羅馬、希伯來的經典，到近世歐洲哲學家康德、黑格爾、羅素，至當代人文學者，他們對真、善、美個別概念的解釋不計其數，我卻沒有發現對「真善美」三位一體的解說。（我構思和寫作本文，在疫情期間，到大學圖書館看書找資料，很不方便；文獻不足徵引，遺

憾。）天網恢恢，地網密密，我繼續尋找，欣喜發現日本人木村鷹太郎有書名為《真善美・美の卷》，1907年由「真善美協會」出版。

　　由此線索，我得知《日本大百科全書》的《「真善美」の解說》寫道：「『真美善について』Du vraie, du beau et du bien（1853）という著作があり、カント哲學の復興であつたドイツの新カント學派では、「真善美」d. Wahre, d. Gute, d. Schöne はその哲學の常套（じょうとう）語となつた。」真善美，就是しんぜんび

　　據此我們知道19世紀法語文獻有「真美善」片語，德語文獻則有「真善美」片語。我這個語文偵探跟着問：法文、德文的頭緒之外，英文呢？目前我只發現有一本哈佛大學霍華德・加德納（Howard Gardner）教授寫的書，名為 Truth, Beauty, and Goodness Reframed；書名中這「三位一體」的詞序，跟法語版和曾樸雜誌版一樣，即真、美、善。可惜我手邊缺乏加德納此書，不知道書中有沒有探索「真美善」片語的淵源。

　　近日重讀莎士比亞的十四行詩集，一個小發現帶來小驚喜：第105首藏有這三個字，哈哈，我發現這「神聖的三一體」（The Holy Trinity）了；它竟然出現了三次，

在第 9、第 10、第 13 行。以下是該詩的末六行：

> 'Fair, kind and true' is all my argument,
>
> 'Fair, kind, and true' varying to other words;
>
> And in this change is my invention spent,
>
> Three themes in one, which wondrous scope affords.
>
> 'Fair, kind, and true' have often lived alone,
>
> Which three till now never kept seat in one.

屠岸 1950 年翻譯出版了莎士比亞的十四行詩集，在這第 105 首中，他對 Fair, kind and true 的翻譯不夠信實：原文是「美，善，真」，他把詞序顛倒了，而成為「真，善，美」。前面提到加德納的書 *Truth, Beauty, and Goodness Reframed*，有中譯本，2012 年出版的。原來書名明明寫的是「真，美，善」，中譯書名卻是《重塑真善美》；其不信實處，如同屠岸之翻譯莎翁句子。

講到這裏，我們可說中國人從西方拿來的三個德目真善美，受到國人重視和認同，而且詞序已定型為「真善美」，成為中國文化的一個重要符號了。我們可以說，Fair, kind and true 也好，「真善美」也好，以至真美善、善美真、善真美、美真善、美善真也好，都是人類

共同尊崇的價值。「仁義禮智信」是五常，我們就把「真善美」稱為「新三綱」吧（傳統的「三綱」有其固定説法）。五常和新三綱包含的美德，其內涵意義有重疊的地方；其重疊處更顯得這（些）美德的重要性、基本性。五常中的仁與義，其為中國儒家思想的關鍵概念，自然不在話下。

三、全人類基本共同價值觀

中華傳統或現代文化中蘊含的全人類共同價值觀還有很多，例如，誰能説「12個社會主義核心價值觀：富強、民主、文明、和諧、自由、平等、公正、法治、愛國、敬業、誠信、友善」不也是全人類共同認可的呢？

有共同的價值觀，人人實踐之、推行之，世界應該和平人類應該幸福了。可惜的是知易行難；Ay,there is the rub！（「唉，阻礙就在此了」；莎劇《漢穆萊特》幕三景一）如果利之所在，人人追逐之，國國追逐之，以不法的手段，以「害仁」的手段，以利己損人的邪惡手段，則社會危矣，世界危矣。中國自古以來有「義利之辨」，認為獲利應為正義之利，此「義」正是五常裏

的「義」。「不義而富且貴，於我如浮雲！」（《論語．述而》）能以義謀利，能先立品然後發財，能正義與謀利取得平衡，則世界和平人類幸福可臻而至。本文只說五常與新三綱，而這裏蘊含着全人類許多基本的共同價值觀，蘊含着全人類的許多理想。

後記

9 月 24 日下午我在四川大學的論壇宣讀文章，江蘇大學文學院的戴文靜教授聽了我的發言，會後捎來了我提到的加德納教授著作原文，令我非常欣喜感謝。展讀高著，乃知加德納這樣解釋他「真美善」的來源。1904 年歷史學家亨利亞．亞當斯（Henry Adams）私下出版一篇長文（近二百頁），題為 *Mont-Saint Michel and Chartres: A Study of Thirteenth-Century Unity*（可譯為《聖蜜雪兒山和沙特爾主教座堂：13 世紀「合一」研究》；亞當斯認為 11 和 12 世紀法國的生活是理想生活，此地的哥特式教堂及其宗教氛圍體現出這種理想：「這個世界是真實的——它由上帝的話指引；是美麗的——人類根據上帝的形象造出壯麗的建築；是善良的——憑着教

堂的靈光，加上基督和聖徒的範例，人們得以過着善的
生活。（That world was true—directed by the word of God.
It was beautiful—a magnificent construction made by man in
the image of God. And it was good—with the inspiring light
of the Church, and the examples of Christ and of the saints,
people could and would live a good life.）順便一提：沙特
爾主教座堂 1979 年入選「世界文化遺產名列」，遊客眾
多。又：加德納教授著述非常豐富，應是博學之人。這
本書中，他倒是沒有提到莎士比亞第 105 首十四行詩的
「美善真」（Fair, kind and true）三合一。

二〇二二年九月

第三輯

中華當代文學自由談

祥林嫂的悲劇性弱點（hamartia）

——試用亞里士多德《詩學》理論析論魯迅 的《祝福》

一、傳統說法：祥林嫂受「四權」迫害

　　魯迅的《祝福》，和《阿 Q 正傳》一樣，都曾被改編為電影，搬上銀幕，是極知名的小說。阿 Q 渾噩地生活，滑稽可笑；《祝福》的主角祥林嫂認真地生活，勤勞、善良、可敬。二人屬於不同的典型。《祝福》在1924 年寫作、發表後，二三十年中對它的評論，大抵都集中在「吃人的舊禮教」對祥林嫂的迫害；論者認為舊社會的封建迷信思想，其政權、族權、神權、夫權這「四權」，摧毀了善良勤勞的農婦，造成了她的悲劇。1956 年出版的劉綬松的《中國新文學史初稿》在論述《祝福》時，引述毛澤東《湖南農民運動考察報告》的「四權」說。毛氏認為四者「代表了全部封建宗教的思

想和制度，是束縛中國人民特別是農民的四條極大的繩索」。劉綬松指出：「《祝福》的主題思想，正是要反映和暴露中國農民——特別是農村婦女在這四種權力束縛下的非人生活和悲慘命運。」劉氏的說法，是對二三十年中相關意見的概括、重申，成為了對《祝福》的正統論述。這個正統論述的延續性極強，四權說簡直五十年不變。下面略舉幾種文學史及若干專著對祥林嫂遭遇的評論。

唐弢的書（1984 年）說：「祥林嫂一生的遭遇，讓人看到她脖子上隱隱地套着封建社會的四條繩索——政權、神權、族權和夫權。」

傅子玖的書（約 1992 年）說：「祥林嫂 […] 是被代表封建宗法和思想制度的四大權力——政權、族權、夫權、神權『吃掉』的勞動婦女的典型。」

蘇光文等的書（1996 年）說「祥林嫂是一個在封建的政權、族權、神權和夫權下遭受殘酷的精神虐殺的勞動婦女。」

黃修己、朱棟霖的書（分別是 1997 年、2000 年）也都是這樣權權相因。

復旦大學、上海師大中文系的《魯迅作品分析》

（1974 年）：《祝福》「深刻地表現了」四權害人「這一主題」。

陳鳴樹的《魯迅的思想和藝術》（1984）：「夫權和神權」予祥林嫂「致命的一擊」；魯四爺、柳媽等「虐殺祥林嫂」。

錢理群的《走進當代魯迅》（1999 年）：「族權、神權、夫權在祥林嫂悲劇命運中的作用 […] 十分明顯。」

朱曉進等編的《魯迅概論》（1999 年）：「造成祥林嫂悲劇的禍根」是四權；「作品側重表現的是夫權與神權」。

嚴家炎的《論魯迅的複調小說》（2002 年）：「封建禮法和封建迷信」「深深地殘害祥林嫂」。

美國的幾位中國現代文學研究者則有下面的看法。夏志清的《中國現代小說史》（英文原著出版於 1961 年）：祥林嫂「被封建和迷信逼入死路。」

威廉・賴爾（William Lyell）的《魯迅的現實視野》（*Lu Hsun's Vision of Reality*）（1976 年），表示同意許壽裳的觀點：「傳統的道德思想吞噬了祥林嫂。」

李歐梵的《鐵屋中的吶喊》（英文原著出版於 1987 年）：「祥林嫂在眾人（士紳和普通群眾）的排斥和踐踏

下徹底孤立，終於死去了。」

　　根據毛澤東的解釋，政權指「一國、一省、一縣以至一鄉的國家系統」的權力；族權指「宗祠、支祠以至家長的家族系統」的權力；神權指「閻羅天子、城隍廟王以至土地菩薩系統以及由玉皇上帝以至各種神怪的神仙系統——總稱之為鬼神系統」的權力；夫權指男子支配女子的權力。

二、「不乾不淨」：祥林嫂和俄狄浦斯王

　　審視《祝福》故事本身，祥林嫂受到四權束縛、殘害的說法是否確當？讓我們四權分「立」來看。**先立政權這一項**。《祝福》中地位最高、權威最大的是魯四爺，他的言行影響了祥林嫂。然而，他不過是個「講理學的老監生」，既非一國元首，也非省長、縣長，連鄉長也不是，他哪來什麼政權？

　　次 立族權這一項。逼祥林嫂改嫁的是她的婆婆，此事對祥林嫂的遭遇有影響。族權在這裏發揮作用了。然而，被逼改嫁卻是「好運逼人來」。魯迅寫道：祥林嫂嫁到山裏賀家，生了個兒子，祥林嫂胖，兒子也胖；「上

頭又沒有婆婆;男人所有的是力氣,會做活;房子是自家的。——唉唉,她真是交了好運了。」祥林嫂因「禍」得福,這兩年她並沒有過「悲慘」「非人」的生活。不過,後來丈夫、兒子都死去,「大伯來收屋,又趕她」;祥林嫂的確遭遇不幸,而這正是族權的作用。

三　立夫權這一項。在第一次婚姻中,少她十歲的丈夫怎樣對待祥林嫂,作者沒有交代。第二次婚姻中的丈夫,有沒有恃「權」凌妻,作者沒有描述,我們不得而知。作者通過仲介者衛老婆子之口說「男人所有的是力氣,會做活」,如此而已。衛老婆子又說祥林嫂「真是交了好運了」。我們可推論,賀家這個男子漢,只把力氣用於做活和生產,並沒有行使高高在上的夫權。

四　立神權這一項。上述三權,若非不發揮作用,就是壞作用和好作用參半;至於神權,則的確對祥林嫂有重大影響。在中國的民間宗教裏,民眾相信鬼神的權力影響及於人間,是謂迷信。《祝福》敍述者的四叔——魯四爺——雖然講理學,卻也迷信:他認為祥林嫂一再成為寡婦,「敗壞風俗」,這樣的人,「不乾不淨」,祭祀時飯菜如經她沾手,「祖宗是不吃的」。臨時傭工柳媽「是善女人,吃素」,更相信有陰間世界。她認為祥林嫂在

第一個丈夫死後，不應再嫁；當時應該堅拒再嫁，「索性撞一個死，就好了」。祥林嫂再嫁，「落了一件大罪名」；「你（祥林嫂）將來到陰司去，那兩個死鬼的男人還要爭，你給了誰好呢？閻羅大王只好把你鋸開來，分給他們。」祥林嫂聽後「臉上就顯出恐怖的神色來」，她信了柳媽的話。之後她接受了柳媽的建議：到土地廟裏去捐一條門檻，當作替身，「給千人踏，萬人跨，贖了這一世的罪名，免得死了去受苦」。

祥林嫂一嫁再嫁，兩度成為寡婦，兒子則被狼吃了，她被認為是「敗壞風俗」「不乾不淨」的「罪人」。她似乎也相信自己是罪人，如果不贖罪，死後必在陰間受苦。這就是論者異口同聲說的傳統迷信思想對祥林嫂的戕害。魯迅在《祝福》裏寫出了愚昧迷信的害人不淺，就像在《藥》裏寫人血饅頭可治癆病的愚昧迷信一樣。

祥林嫂把長期積蓄的錢捐了門檻，高興地告訴四嬸這件事，她以為不再是罪人了。「冬至的祭祖時節，她做得更出力了，看四嬸裝好祭品，……她便坦然的去拿酒杯和筷子。」然而，就在這時，「你放着罷，祥林嫂！」四嬸慌忙大聲說。筆者認為，四嬸這句話，以及

祥林嫂聽後的即時反應，是《祝福》也就是祥林嫂一生悲劇的高潮所在：「她像是受了炮烙似的縮手，臉色同時變作灰黑，也不再去取燭台，只是失神地站着。」我們嘗試拿《祝福》來和索福柯勒斯（Sophocles）的悲劇《俄狄浦斯王》（Oedipus the King）比較一下。俄狄浦斯王多方打聽，最後從牧羊人口中知道自己的身世——冥冥中注定殺父娶母的那個人；而這又正是王后（也就是主角親生的母親）含羞飲恨自盡的時刻；俄狄浦斯王在天搖地動的大震撼中，拔出王后衣袍上的金別針，猛然刺瞎了自己的雙目，然後自我放逐到國外。《祝福》中四嬸「你放着罷，祥林嫂」那句話，讓女主角驚悉原來她在別人眼中仍然是罪人，就如同牧羊人的話讓俄狄浦斯王驚悉他的身世。祥林嫂「像是受了炮烙似的」，「臉色同時變作灰黑」，是犯「罪」的懲罰，就如同俄狄浦斯王刺瞎雙目，自我懲罰。在《俄狄浦斯王》一劇中，殺死先王——也就是主角之父——的兇手，是污染之物（the pollution）；在《祝福》這篇小說裏，兩個丈夫先後死亡，兒子被狼吃掉的祥林嫂，是不乾不淨的人。不乾不淨，正是 pollution。

三、祥林嫂：太執着於人的尊嚴

　　祥林嫂的悲劇，與封建迷信的環境有關，已如上述。此外，像《俄狄浦斯王》一樣，還有環境的因素。被亞里士多德奉為悲劇圭臬的《俄狄浦斯王》，其主角的遭遇是命定的，他要逃，逃不了；劇中的合唱隊這樣詠歎：「俄狄浦斯，你啊，以及你的命運！不幸的俄狄浦斯，在所有人之中，我一點也不羨慕你。」祥林嫂命途多舛，兩個丈夫、一個兒子都先後死去，正如范伯群、曾華鵬所説，「這接二連三的厄運，並不是舊社會任何人都會遭遇到的」。魯迅小説中的其他婦女，就沒有這樣的厄運。設若祥林嫂的第一個丈夫不死，她就不會有日後的遭遇。設若第二次結婚後長期「交上好運」，自然也就沒有日後的悲劇。

　　環境和命運之外，還有性格的因素。亞里士多德在《詩學》提出了悲劇性弱點（hamartia; tragic flaw）這個概念：悲劇人物的不幸，「不是由他的敗德或邪惡而來，而是來自某些錯誤或軟弱」。後世學者分析被亞氏奉為經典的《俄狄浦斯王》，認為其主角的弱點，是他太執着於對知識、真相的追尋。俄狄浦斯王決心追查殺死先王

的兇手，在這個過程中，答案的出現愈接近，愈引起周遭人物的恐懼，因為答案愈來愈指向俄王。祭司、王后都勸俄王不要繼續追問，但俄王鍥而不捨。牧羊人想拒絕說出可怕的往事，但俄王命令他道出真相。最後真相出來了，原來俄氏自己是兇手。俄氏先前聲明必懲罰兇手，他不食言，乃自己刺瞎雙目並自我放逐，這是僅次於死亡的災難性收場。太執着於追求真相，是他的悲劇性弱點。

　　祥林嫂悲劇的一個成因，則在於她太執着於人的尊嚴，太執着於擁有一個正常人應有的權利。她認同某些人的道德觀，丈夫死了，應該守寡，不可再嫁。當她被逼再嫁時，她為了維護個人的尊嚴而抗拒，一頭撞在香案角上，鮮血直流。不過，她妥協了，終於成親，且「交了好運」。好運甚短，厄運又來了。再喪夫，又喪子後，她被視為「罪人」。她向來勤勞，守本分，丈夫得傷寒而死，兒子意外被狼吃了，是她錐心之巨痛，但哪會是她的錯呢？為什麼她因為這些遭遇就成為罪人，就不可以參與祝福的祭祀禮儀？「這是魯鎮年終的大典，致敬盡禮，迎接福神，拜求來年一年中的好運氣的。」小說的敍述者這樣說。參與「祝福」，是人之為人應有

的權利，用當今的話語來說，就是基本人權。而祥林嫂
被剝奪了這項權利。她爭取，為此捐門檻，以為可獲
「平反」為正常人了，可贏回尊嚴和人權了。然而，不
然。四嬸那句「你放着罷，祥林嫂！」對她來說，是「維
持原判」的死亡資訊，因為祥林嫂把人的尊嚴、價值視
同生命。是人權這第五權引來祥林嫂的悲劇。

　　「聰明」的人，大可批評祥林嫂：「你真是想不通啊！
不過叫你不要碰祭祀的器皿罷了，四叔和四嬸，沒有不
給你吃飯呀，沒有扣減你的工資呀，你仍然是魯家的傭
工呀！」如用魔幻寫實筆法，魯迅還可以召來阿Q說：
「嘻嘻，祥林嫂，人家忙着你閒着，享清福啊！」（當
然，在這個場合，魯迅大概不會讓阿Q對她說：「我和
你睏覺，我和你睏覺！」像他對吳媽──趙太爺家裏女
僕「小孤孀」──說的一樣。）

　　《祝福》裏的其他女性，就沒有對人權的醒覺。傳統
社會大抵上男尊女卑。《祝福》裏描述年終時家家忙於準
備祭祀，女人們尤其忙碌；然而，敍述者告訴我們，「拜
的卻只限於男人」。論者可說這是封建思想作祟，是對
女性的歧視；換個角度看，我們可說這是當時的社會倫
理，是分際。《祝福》中的四嬸、柳媽等女性，都沒有爭

取「拜」的權利，可見她們安於本分。

　　祥林嫂重視人的尊嚴、價值，她要爭取重獲人權：與常人一樣參與「祝福」。她失敗了。她受不了這重大的打擊，而失神落魄，形體的變化很大，「精神也更不濟了」。她終於失去魯家幫傭的工作，後來成為乞丐。幾年後死了，「是窮死的」。（在 1950 年代製作的電影《祝福》中，筆者記得祥林嫂是在被制止觸摸祭祀器皿的當晚，在雪花紛飛中離開魯家的。這樣處理乃為了強調某種「權」的可怕。）

　　綜合以上所論，祥林嫂悲劇的成因有三：一是封建迷信的社會環境；二是夫死子亡的悲苦命運；三是她對人權、人的尊嚴的執着。我們細讀《祝福》，感慨於故事之際，對魯迅細膩、深入、立體的人和事的描述，不能不大加讚歎。人、事、社會通常是複雜的，寫實的小說家，必須呈現其複雜性。《祝福》不是理論先行、主義掛帥的小說，它沒有簡單化地處理複雜的人生世相。不幸的是向來很多研究者、批評家，都從反封建迷信的立場出發，去詮釋《祝福》，把祥林嫂悲劇的成因看作是封建迷信等「四權」的禍害。筆者在這裏鄭重指出：祥林嫂悲劇的構成，相當複雜，其因素有三，如上面所

述。三者中，一最輕微，二較重要，三最重要。（順便
說明一下「悲劇」。本文涉及《詩學》所論的悲劇，但
《祝福》卻不盡同於《俄狄浦斯王》那類悲劇，主要是其
主角的身份、地位不同。《祝福》主角的身份地位，毋寧
較接近於阿瑟‧米勒《推銷員之死》的主角。）

　　歷來探討祥林嫂悲劇的成因的論著中，范伯群、
曾華鵬強調其複雜性，在筆者所看到的所有評論中，最
為深刻，而且罕見。他們認為環境、命運、性格都是因
素。在性格方面，他們指出祥林嫂有「擺脫非人地位的
掙扎」、「捍衛人的尊嚴的鬥爭」，和筆者看法相同。不
過，他們認為魯四爺的禮教思想「正是造成祥林嫂悲劇
的致命因素」，看法與筆者有異。

四、四叔和四嬸：不是祥林嫂之死的元兇

　　論者都認為「四權」，包括魯四爺及其封建迷信思
想，害死了祥林嫂，認為魯四爺罪大惡極。這裏析論魯
四爺和他妻子的言行，進一步說明導致祥林嫂死亡的元
兇，不是他們二人，而是上面說的祥林嫂自己的性格。
魯四爺講理學，書房有對聯，其中一聯曰：「事理通達心

氣和平」。他如果真的明白理學的「天理人慾」，知道
上天有好生之德，他如果真的「通達」，真的做到心平
氣和，就不會視祥林嫂為不乾不淨、敗壞風俗的人。他
並不如此。然而，他對祥林嫂並不兇惡，並不可怕，他
不是張牙舞爪吃人的人。要注意，他並沒有當着祥林嫂
的面，說她「敗壞風俗」「不乾不淨」；他「只是暗暗地
告誡四嬸」時這樣說的。魯四爺確是用了「謬種」一詞
形容祥林嫂，不過，這卻是在年終祝福禮進行時祥林嫂
死亡的消息流傳後他才說的。而且，「謬種」大概是他
常用的罵人的話，詛咒性不怎麼強的。何以見得？《祝
福》中的「我」，頗拙於言辭。聽到祥林嫂死亡的消息
後，本於好奇，原擬向魯四爺打聽些相關的事，卻欲言
又止：「我從他（魯四爺）儼然的臉色上，又忽而疑他
正以為我不早不遲，偏要在這時候來打擾他，也是一個
謬種。」

　　魯四爺告誡其妻不要讓祥林嫂接觸年終祝福禮的
器皿。在兩次籌備祝福禮時，出言制止祥林嫂接觸器
皿的，都是四嬸。四叔和四嬸，顯然夫唱婦隨，二人都
「歧視」祥林嫂。其實，魯四爺夫婦，身為祥林嫂的僱
主，絕對有權支配她的職務。設若某老闆僱傭甲乙兩個

司機，都是經驗豐富的。僱傭前後，甲從來沒有遇上交通事故；僱傭後，乙遇過兩次重大交通意外。在兩次意外中，對方車毀人亡，犯錯的是對方，而不是乙，乙且安然無恙。老闆要在甲乙二司機中選擇一個為公司送貨取貨，另一個作為自己座駕車的司機。他如何抉擇？答案應該是：甲任老闆座駕車的司機，乙任貨車司機。老闆自然要選用他心目中最好的、最令他放心的人為自己開車。數月前有一則花邊新聞。上海某公司主辦一商業活動，公開徵求禮儀小姐，聲稱條件之一是應徵者必須身材豐滿。此事引起物議。這或有「歧視」身材不豐滿的應徵者之嫌，不過，平心而論，僱主怎樣挑選他那些貌美如花的小姐，旁人不應置喙。

　　上述選擇司機一事，表面上涉及僱主權力，實際上心理因素才是關鍵。「經歷過兩次重大交通事故，咦，這個司機不太吉利吧？如果他成為我的司機，會不會又來一次意外呢？」這就是老闆的心理陰影。香港作家西西的小說《像我這樣的一個女子》，其主角是個死人化妝師。她想談戀愛，但心存恐懼。她害怕男朋友一旦知道她的職業，就會嚇得魂飛魄散。從事她這個行業的，一般都不會參加親友的喜慶宴會。為什麼？就是心理

陰影。對死亡的恐懼，認為與死亡有關聯、與死亡為伍的人不吉祥，這樣的陰影普遍地存在於人類之間。魯四爺、四嬸當然也有這樣的心理陰影。魯迅的小說往往涉及死亡，氣氛陰冷，夏濟安和王潤華等都有論述。魯迅似乎也非常畏懼死亡。在「致敬盡禮，迎接福神」時，人們要獻上最好的東西，要由最吉利的人來從事。秦始皇派徐福到海外求長生不老之藥，跟隨徐福的不是體弱病殘的老者，而是健康的童男童女。這就像尊貴的外國元首蒞臨訪問，伴隨本國總統在首都機場歡迎的，一定不是重症病人或囚徒，而是一群拿着鮮花、滿臉歡笑的兒童。

五、用魯迅祝福過的理論來分析魯迅的《祝福》

　　筆者在上文指出祥林嫂悲劇的最大成因，是她對人權、人的尊嚴的執着；她的執着，就是亞里士多德說的「悲劇性弱點」。當代文學研究者喜用當前流行學說來析論文學，且往往濫用，甚至寫出詰屈聱牙、不能卒讀的「論文」。筆者這裏嘗試用古代理論析評現代文學，乃為

了說明「不薄今人愛古人」的道理，乃為了證明古可以為今用。學問博厚的魯迅，論及中西文學理論著作時，十分推崇亞氏的《詩學》。我們用經過魯迅祝福的理論，來分析魯迅《祝福》，應該是別具意義的。

二〇〇六年十月

文學的「藏山」和「傳人」

——從香港作家劉以鬯仙逝說起

    香港文壇的人瑞劉以鬯先生 2018 年 6 月仙逝，對其人其文，香港和內地的文學界多人撰文懷念和讚揚。劉以鬯最為人稱道的作品是 1962 年出版的《酒徒》，它有中華第一本長篇意識流小說的美譽。和很多小說一樣，書中主角多少有作者自傳的成分。不過，此書寫的是酒徒，我所接觸的劉公，宴會時卻是滴酒不沾的。《酒徒》的主角生活潦倒，難免憤世嫉俗，沉醉酒鄉中，有時頗有不驚不休之論。

    二十世紀五十年代的香港社會，經濟未起飛，教育不發達；書刊提供的多是言情通俗的小說，普羅讀者讀之而消磨時間，而得到娛樂。劉以鬯畢業於上海聖約翰大學，南下香港，學歷不獲港英政府承認，為了謀稻粱而日寫萬言去「娛樂別人」。年輕時懷有文學理想的這個「爬格子動物」（或者說「寫稿佬」），向自己「問責」，

決心要撥出時間為「娛樂自己」而創作；《酒徒》是其宏願的一個體現。

《酒徒》傾情迎西風

我把這部小說稱為「文人小說」。這種小說的一個特色是書中多學問多議論，《酒徒》正如此。19 世紀中葉以來，中國積弱，東風一直被西風壓倒；社會、政治、經濟、文藝的「富強」之道，是「西化」。劉以鬯傾情迎接西風，在《酒徒》中這樣主張：文學界應該「有系統地譯介近代域外優秀作品，使有心從事文藝工作者得以洞曉世界文學的趨勢」；他又藉酒徒之口，大力推介西方現代小說，認為「每一個愛好文學的人必讀的作品」，包括「湯瑪斯曼的《魔山》，喬艾斯的《優力西斯》與普魯斯特的《追憶逝水年華》是現代文學的三寶。此外格雷夫斯的《我，克勞迪亞》；卡夫卡的《審判》；加謬的《黑死病》[⋯]」這裏只引錄前列的書名，我一數書單，共有 17 部小說作品。作者除了一個日本的芥川龍之介外，全部是歐洲和美國的。中國的呢，一個也沒有：現代沒有，古代也沒有。

　　現代詩 1950 年代在台灣興起，有詩是「橫的移植」而非「縱的繼承」的口號。「橫的移植」指移植西方文學，「縱的繼承」指繼承中國傳統文學。西風猛烈，中國傳統文藝之舟「檣傾楫摧」不用說；問題是西方的「船堅炮利」，東方的讀者難睹其真面目，遑論利而用之。上引的「三寶」，如果是寶藏的話，其藏量巨大，實在深不可測。

　　篇幅浩繁的《魔山》在 1924 年出版，論者謂此書「淵博、含蓄、有雄心、晦澀」；作者德國人湯瑪斯曼本人告示讀者，如要理解這大部小說，得好好閱讀兩遍。法文的《追憶逝水年華》（後來多翻譯為《追尋逝去的時光》）共七部分，在 1913—1927 年先後出版。論者謂這部大著探索人物隱祕複雜的內心，其意識流技巧卓越、象徵意味豐富。我慚愧，德、法這兩部巨構，原著我讀不懂，英文譯本和後來的漢語譯本則無緣（其實是無暇）閱讀。

劉以鬯「三寶」中的《優力西斯》

　　只說「三寶」中的《優力西斯》（*Ulysses*）。1970 年代初期，我在美國讀研究院，有一個科目是「英國現代

小說」，教材之一是厚達 783 頁的《優力西斯》；公認是傑作巨著，教授不得不列入課程。我「斥資」另購一本《喬艾斯導讀》（*A Reader's Guide to James Joyce*），作為助我理解這部艱巨名著的「祕笈」。當年教授講解書中片段，大概不到全部內容的三十分之一。教授泛泛而談，沒有深究；我們作為學生的，既得「放馬」，自然得過且過。近來讀夏志清和他兄長夏濟安的書信集，乃知夏志清在耶魯大學英文系讀博士班時，名教授克魯勃斯教《優力西斯》，是一句一句向班上的優才生解說的。天曉得克教授克服了多少多語種、多典故、多文體、隱晦複雜的意識流內容。夏氏在他後來的文學評論和散文裏，似乎沒有怎樣提到《優力西斯》。他閱讀過全書嗎，我存疑。淵博的錢鍾書呢，我查《管錐編談藝錄索引》，《優力西斯》只在《管錐編》的一條註釋中出現過，像蜻蜓點水一樣。

《優力西斯》主要寫都柏林三個小人物──一個青年，以及一對中年夫婦──一天 18 個小時的日常、家常生活，用了七百多頁的篇幅。「諾頓」（Norton）版的《英國文學選集》認為閱讀此書可有幾個層次：一是對現實的描述；二是對人物心理的探索；三是語言多種風格

的運用（包括全不用標點符號的最後 46 頁）；四是深刻的象徵意義。本來三個小人物有何足觀呢，喬艾斯「厲害」之處是他隱隱然拿此三人和荷馬史詩《奧德賽》的三個要角——足智多謀的英雄優力西斯、其忠貞的妻子、其尋找父親的兒子——相關而述，或作平行，或作對比。此外，莎士比亞、但丁等文學名著，以及歷史、哲學等著作也在書中任他驅遣引述。研究喬艾斯的專家指出，書中人物形象飽滿立體，其言其行，往往因小見大；深謀遠慮的作者，目的是把幾個小人物寫成具普遍性的全人類，把都柏林寫成整個世界。

　　我最近重讀《優力西斯》，覺得其艱難不減從前。自然只是讀幾個片段，包括題為 "Nausicaa" 的第十三章。原著的地方地方色彩甚濃，描述細緻或者說瑣碎，我的一個難處在此。此書 1920、1930 年代在歐美被禁，原因是淫藝：第十三章有片段寫男主角為一個美少女心動，繼之以欲動，於是手淫起來，其動作和都柏林市煙火放射的情景同時出現。論者指出，這一章所用意識流技巧特別複雜，那些段落是男主角的內心獨白，那些是美少女的，根本分不出來；讀者和評論家很有「剪不斷理還亂」的困惑。

各有各的「意識流」

讀《優力西斯》之難，難於上青天。一書已如此，還有另外「二寶」以及其他，「必讀」云云，只能説是崇洋酒徒的酒後豪言壯語。「必讀」這 17 部小説？我大膽地猜測、合理地懷疑：劉以鬯自己也沒有好好讀過他開列的作品。當代中國作家中，王蒙和莫言都用過意識流手法寫作，他們可曾讀過意識流「經典」如「三寶」的《優力西斯》《魔山》《追憶逝水年華》等巨構？我想，只要他們讀過其中之一，且是相當全面而仔細地讀過，他們就沒有時間寫出千萬言的等身著作了。

意識流就是人物意識亂流不斷，就是時空背景錯亂不清，就是角色身份混亂不明（當然，這些只是表面現象，高明的小説作者有其深層次的井然脈絡）——手握這把祕密的鑰匙，意識流小説的門大開，就湧出劉以鬯自有特色的意識流、湧出王蒙自有特色的意識流、湧出莫言自有特色的意識流……其實這沒有什麼不妥，翻譯學有「創造性叛逆」（creative treason）之説，為什麼文學不可以有「創造性模仿」？劉以鬯的《酒徒》部分內容用意識流手法寫成，但全書的篇幅、規模、雄心、意

義層次、艱澀程度，都不能和他推崇的《優力西斯》並論。劉以鬯的文學觀強調創新，但他不用很多「創新」者喜用的艱澀語言。他為「娛樂自己」而寫的短篇小說《吵架》《打錯了》《蜘蛛精》等篇，文字清暢而手法精約（《文心雕龍·體性》論八種風格，精約為其一），有其別緻的精彩。

艱澀巨構「藏諸名山」，精約短篇「傳之其人」

《優力西斯》等「三寶」，出版至今近百年，已成經典；1999 年西方選舉 20 世紀最重要的文學作品，《優力西斯》更名列榜首。古代司馬遷《報任少卿書》所渴求的著作「藏諸名山」，現代這幾本書已臻此境。美人一入侯門深似海，巨著一入大山空留名。馬克吐溫說「經典之作是人人皆稱頌卻不想去讀的書」，對艱澀繁難的「三寶」等書而言，此說尤諦。劉以鬯的《酒徒》有令譽，向來學者對它的析論也不少；是否已「藏諸名山」，如已藏，藏諸哪個名山，則尚待文學史的鑒定。

劉公仙逝後，懷念、稱讚他的文章湧現。瀏覽一下，我發現多人說劉氏當文學刊物編輯時如何愛護提攜後進，少人一板一眼析論他的這篇那篇作品。有文章則引述劉氏遺孀之言，說劉公年輕時愛入馬場賭馬，愛到夜總會去「蒲」（粵語，意為尋歡作樂），很有「女人緣」。（這令人想起數年前夏志清辭世後，多人憶述與夏公的交情，描述「老頑童」的情狀，甚至講述他的婚外情；評論他作品的則甚少。）這些憶念的文章讓我們看到：不論「高雅」「通俗」哪個級別的讀者，都多少喜歡「八卦」，喜歡看「娛樂別人」的文章。

作家因其天賦加上勤奮創造出公認的傑作巨構，奠定文學高位，讓它們「藏諸名山」。但「名山」太高太遠，佳作傑作如要真的不朽，必須「傳之其人」。當年我在香港讀大學，由「耶魯學士」教英文，洋老師讓我們讀短篇小說《阿拉比》；此篇和《逝者》同為喬艾斯《都柏林人》中的名作，為眾多選集所收納。我初讀即驚豔難忘，後來讀的書稍多，認為寫少年慕少艾的情懷，沒有比它更現實而浪漫、精約而多義的了。以後傳道授業，我讓學生細讀《阿拉比》；《優力西斯》之類巨著，則自然只泛泛略提。日後我的學生大概也傳授此篇。劉

以邕精約且富創意的《吵架》《打錯了》等短篇，讀者、論者有不少，已然傳誦於人。藏諸名山的，不管什麼傑作巨構，就讓其好好藏着吧，由一代一代的專家去皓首窮經。

二〇一八年八月

西西：童筆寫《我城》，凡物見生趣

「離群索居」而充滿關愛

美國作家塞林格（J.D.Salinger）號稱文壇「頭號隱士」，人隱，連成名作《麥田守望者》（*Catcher in the Rye*）面世後的其他作品，也和人一起隱而不發表。張愛玲也是個文壇隱士，1995 年亡故後數天，才被人發現臨終時是孤零零地躺在公寓的地上。其實，早在 1972 年，與她有書信往來的極少數人之一的夏志清教授，已在一篇文章裏說：「張愛玲在美國過着極孤獨的生活，簡直可說是同塵世隔絕了。」《麥田守望者》寫主角對建制的反叛，作者離群索居，與其反叛意識相符；張愛玲喜用「蒼涼」二字，遠離熱鬧的社群，也可謂得其所願。

香港文壇也有隱逸之士。人成名之後，有新作面世不舉行發表會，不演講，幾乎不接受採訪，不擔任評

判，不在文藝界活動中亮相，除了與極少數「知音」往來外，幾乎不與文壇中人交往；這樣的作家，有西西。奇怪的倒是西西作品表現的，既非反叛意識，亦非蒼涼境界。西西的《我城》傳達的資訊是人要彼此溝通，人間要有善意、溫情、趣味。

《我城》1979 年首先在香港出版，乃作者在日報的專欄連載剪輯而成。初版本約六萬字，是中篇小說。此後在台灣和香港共有三個增訂版本。今年廣西師範大學出版社推出的《我城》，大概是據 1999 年台北洪範書店的版本，約 13 萬字，是個長篇。

塞林格成為隱士後，寫了多部作品，但因為迄未發表，我們不知道其內容為何、成就如何。張愛玲在美國成為隱士後，也創作無多。西西這位文壇隱士或半隱士，則小說、詩、散文一部接一部出版。大概在半世紀之前，夏濟安在文章裏批評過很多作家，說他們是「聲名狼藉的朝夕聚會的社交家」。然則文壇需要的竟是隱士了。西西寫作之外，就是讀書、旅遊，她交遊的是文字，是世界各地的山川風土。這位隱士或半隱士，既「離群索居」卻又關愛地球人類，她從成名作《我城》起，為華文讀者貢獻出眾多出色的作品。

呼喚溝通與快樂

在小説中，作者以童話式的筆調，透過獨特的觀察，讓平凡人物的故事有了單純而深長的寓意。《我城》的主角阿果，中學畢業後到電話公司工作，職務是接駁電話線、修理電話。小説中出現的其他角色，包括阿果的朋友麥快樂、阿果的妹妹阿發、母親秀秀、姨媽悠悠，鄰居阿北。人物少，故事簡單，主題也明朗。《我城》的主題就是：人要彼此溝通，要活得快樂。阿果的工作是接駁電話線，他朋友的名字是麥快樂；這份差事，這個名字，充分説明了《我城》要傳達的訊息。這本小説的內容是生活中有趣的事物，有濃厚的載道意念，但沒有給讀者説教的感覺。

一般的公文都是冷冰冰、枯燥乏味的。西西不喜歡這些東西，她借阿果之口説：「我決定要做的是有趣點的事情，不要工業文明冰凍感的。」阿果寫信應徵電話公司職員，收到回音了：「他們給了我的信箱一個乾果皮顏色的牛皮紙信封，裏邊塞滿紙葉子，其中的一頁上説了好些話，由我翻譯後，變成這樣：你説來幫我們做事情，我們知道了，但我們並不曉得你是誰，又不知道你

高矮肥瘦，喜不喜歡釣魚，所以，隨函附來的另外幾頁紙，請你做些填字遊戲，讓我們彼此了解一下，謝謝你願意幫助我們。」

填表格是很多人討厭的事，一經「翻譯」而變為「填字遊戲」，就有趣多了。上面這段「填字遊戲」的描寫，不但有趣，而且親切；「讓我們彼此了解一下」一句，迴響着全書的主題。

阿果的妹妹阿發，想到天台曬太陽、踢毽子，但發覺天台上堆滿垃圾，於是給「親愛的鄰居」寫了一封兩三千字的長信，一開始就自我介紹：「你們好。我是阿發，頭髮的發。[⋯] 我的祖父，在我出生的那一天對我說，將來要發發達達，叫阿發吧。我即叫了做阿發。後來，祖父不在了，我父親說，你將來活得快快樂樂就可以了，不必理會發達不發達。[⋯]」這裏貫徹的，仍是互相溝通、活得快樂的題旨。阿發這封信的結束部分，有下面幾句話：「這封信，我給我姨悠悠看過了。她說我寫錯了熨衣板的熨字，我寫了燙，這當然是一個錯誤，我就改了。」阿發向鄰居暗示，應知錯能改。整封信語調親切、輕鬆。人與人如果這樣相處，世界就充滿和

平、快樂了。

　　主角的朋友麥快樂做過「快樂王子公園」的管理員。這個公園，是人類幾千年來所追求的烏托邦世界的又一象徵。它「園門寬闊明朗」，豎着牌子，有下面的規則：「一、不得在園內打樹；二、不得在園內欺侮木馬；三、不得在園內罵石凳；四、不得在園內對規則扮鬼臉；等等。」可見萬物都有尊嚴，萬物都應受保護。管理員麥快樂心腸好，他「自己去寫了一塊牌掛在公園的門口。上面說：咖啡或茶，免費供應。」麥快樂曾有一次拾到了一本筆記簿，為失主憂愁了半天，最後決定和同事花王傻優掏腰包登廣告，請失主來公園領回。廣告登了兩天，卻沒有人來。「事情就是這樣的，有關的人沒有看見（廣告），無關的人都看見了。「麥快樂因為心腸太好，丟了公園的工作。他換了職業後，有一次被劫匪打傷，於是去參加城市警務工作。

　　不過，西西沒有接下去寫麥快樂參加警務工作後，成為警界英雄。西西根本沒有寫英雄人物的意念。《我城》中的角色，不是英雄，只是常人——有好心腸、在自己能力內樂於助人的常人。

童話筆調別開生面

　　《我城》強調的是，人要自己活得快樂。而快樂之道，在於能否把平常事物看得生趣盎然。比如搬家這樣的尋常事，西西卻能道人所不曾道，讀來令人忍俊不禁。「搬家就是〔…〕把最難看的，最瑣碎的，最奇怪的，最雞肋的，最不復憶起的事物翻出來，也放進他們帶來的籮裏。〔…〕搬家又是：看別人來表演雜技，兩條猿臂移去一個衣櫃，一個虎背肩去一個冰箱。〔…〕不過，搬家可以減肥，我減了兩磅，我的家減了一百五十磅。」如果只說「搬家可以減肥，我減了兩磅」，那是誰都會寫的，是庸筆；加上一句「我的家減了一百五十磅」，那就是妙筆，童話式妙筆。

　　《我城》有主題，但似乎缺乏情節的主線。香港評論家何福仁認為，《我城》有如繪畫長卷《清明上河圖》，一景接一景。這不失為《我城》的一種閱讀方式。《清明上河圖》自有其動靜、眾寡、大小、人物的配搭或所謂「節奏」；《我城》也應如是，這就得靠讀者細細品讀後去發現了。也許西西根本不重視這本小說的結構，而是意到筆到，率性而為。她也不重視人物的刻畫，不求「立

體」「豐滿」。《我城》和「傳統」的小說保持距離。

讀《我城》，讓我們高興的是西西對生活的投入，對生活意義的重新發現。她童話式的筆調在中國現代小說史上是別開生面的。冰心、豐子愷等，有西西的童心，但沒有西西這樣的童筆。我們覺得《我城》滿盈的是趣味。古羅馬學者賀拉司認為，文藝的功用是有益或有趣，或二者兼之。宋代嚴羽論詩，重視「興趣」。賀、嚴之「趣」，不盡相同，但從其詩論，我們可見「趣」的重要。《我城》對生活意義和人類善性的肯定，更有對世道人心的積極作用。

《我城》中有一個城市下了大雨，市民合力儲水的場面。「雨下得很大 […] 這時，有一組十眾的人，乾脆把整條街的雨端以大力萬能膠一封，喝一聲『起』，即把街整個抬了回家。」更異想天開的是：「有一座私人的巨型圖書館，則搬了四庫全書到天台上去砌了四幅牆，成為一個最具文化氣質的水庫。」《我城》中的電視新聞評述員，在報導儲水的事情後，這樣表示：「他從來不曾見過別的城市發揮過類似的同舟共濟精神，因此很是感動，同時，他忽然對人類、世界，重新充滿信心。」

作家不宜叫空洞的口號，更不應作違心的宣傳，但

作家多少總應該對人類有信心。艾略特在《荒原》裏力陳現代人的迷惘空虛，但最後還是表達了一些正面的意念：「奉獻。同情。克己。／了解後的和平」。艾略特呼籲世人要如此，才能得救。西西比艾略特樂觀，她認為人類有希望。

西西的《我城》寫的是香港。書中的「肥沙嘴」就是尖沙嘴，「動物報」則為馬經報，前者為香港地名，後者為香港特產。「我城」也可指深圳、上海、北京以至世界任何城市。

寫於一九八二年，二〇一〇年修訂

「散文：形散神不散」駁論

一、「形散神不散」說：對「散」字的誤解

1961 年 1 月，《人民日報》的副刊開闢專欄《筆談散文》，很多名家如老舍（1899—1966）、李健吾、柯靈（1909—2000）、師陀（1910—）、秦牧（1919—1992）等先後撰文暢論散文的各方面。後來選輯文章成書，名為《筆談散文》由百花文藝出版社出版。[1] 齊放的百花中，2 月 27 日師陀的《散文忌「散」》及 5 月 12 日蕭雲儒的《形散神不散》的花粉四處飛揚，影響可能最大，蕭氏那篇尤然。二十世紀中國散文研究者如范培松（1943—）、喻大翔（1953—），都指出蕭氏一文的廣泛影響力。[2] 散文以「散」為名。師陀在《散文忌「散」》中說：

> 散文並不是要寫得散，而是和其他文體一樣，要寫得集中緊湊。你可以寫景、敘事、抒

情、發議論，也可以時而敍事，時而寫景，時
而抒情，時而發議論，盡你的能力，把風景、人
物、議論組織在一個題目下面，但是要分層次，
要有步驟……[3]

蕭雲儒認為散文忌散之說很精闢，同時又指出：「散
文貴散。說得確切些，就是形散神不散。」[4] 他接着釋
其神、形二義：

神不散，中心明確，緊湊集中，不贅述。形
散是什麼呢？我以為是指散文的運筆如風，不拘
成法，尤貴清淡自然、平易近人而言。

蕭雲儒的「形散神不散」論，隨白雲飄揚，散播頗
廣。王爾齡這樣說：

如果說雜文的特點就在於一雜字：文章體裁不
拘一格，文章內容往往融古今中外天地南北於一
爐；那麼，散文的特點正在於散。[…] 這散，不
是散漫的散，既要用墨如潑，又要惜墨如金，既
要撒得開，又要收得攏 […] 有人說，散文忌散。
從文章組織上看，這自然是對的。但若從文章的
取材來看，散正是散文的特質。要不是如此，似

乎反覺無足觀了；要是像科學論文那麼來寫，恐怕也不夠有味吧。[5]

另一個聲音迴響着：

> 活潑和縝密相統一，似散不散，既散又不散，或者借用傳統的說法，構思精巧，形散神不散。這就是散文結構在形式上的特點。[6]

文學作品的「形」指形式、體裁、組織、語言，指作品各個部份的安排。王爾齡說「形散」，又說組織上「忌散」。難道組織不屬於形式嗎？另一位論者說散文「似散不散，既散又不散」，則聽來只覺玄之又玄，像「道可道，非常道」那類論述一樣，難以解惑。「借用傳統的說法，〔就是〕形散神不散。」這句話則表示，蕭雲儒的理論，已成為二十世紀中國散文批評的一個傳統了。茲事體大，對矛盾、玄虛的「形散神不散」說，我們非正本清源、慎重對待不可。

「形散神不散」說乃源自對散文的「散」字的誤解。「散」並不是散漫、鬆散、凌亂、失序。「散」指的是句法，而且僅是句法而已。「南昌故郡，洪都新府；星分翼軫，地接衡廬；襟三江而帶五湖，控蠻荊而引甌越。」

句法整齊，或四或六（「而」為虛字），是駢體文的句式。「嗚呼！吾少孤，及長，不省所怙，惟兄嫂是依。」句法長短參差，從二字句到五字句都有，是散體文的句式。在傳統中國文學中，散文和古文意義相通（但並不全等）；散文或古文，其義與駢文相對。清代學者論文章之學，往往駢體散體並舉。

劉開（1784—1824）説：「駢之與散，並派而爭流，殊塗而合轍。」

曾國藩（1811—1872）説：「古文之道，與駢體相通。」

章炳麟（1869—1936）説：「夫有韻為文，無韻為筆，是則駢散諸體，一切是筆非文。」[7]

散文一詞，常在清代學者筆下出現。王棻（1828—1899）説：「文章之體三：散文也，駢文也，有韻文也。」李慈銘（1830—1894）説：「唐代韓柳崛起，竟成大家，河東集中，尚多偶體，限於工力，遠遜散文。」[8]1930年代郁達夫（1896—1945）為《中國新文學大系‧散文二集》撰寫導言時説：「中國向來沒有『散文』這一個名字。」[9]他推測散文一詞是西風東漸的產品，或者是

翻譯。郁達夫之説值得商榷。

　　朱世英為散文一詞追溯淵源，説「直接稱『散文』的是金人王若虛。」[10] 王若虛（1174—1243）在《滹南遺老集·文辨》説：「歐公［歐陽修］散文自為一代之祖，而所不足者，精潔、峻健耳。」又説：「揚雄之經、宋祁之史、江西諸子之詩，皆斯文之蠹也。散文至宋人始是真文字，詩則反是矣。」[11] 根據傅德岷的偵探，則明代的徐師曾（1517—1580）用過「散文」一詞。陳柱《中國散文史》一書指出，最早用散文一詞的是南宋的羅大經（1226 進士）和王應麟（1223—1296）。而羅、王二人，用時都是駢、散對舉。羅大經的《鶴林玉露—劉鈎贈官制》寫道：

　　　　益公常舉似謂楊伯子曰：「起頭兩句，須要下四句議論承貼，四六特拘對耳，其立意措詞，貴於渾融有味，與散文同。」

　　在另一處，羅大經引用一則對黃庭堅（1045—1105）詩文的評語如下：「山谷詩騷妙天下，而散文頗覺瑣碎局促。」[12]

二、散文（prose, essay）：可以隨便、鬆散

　　蕭雲懦、正爾齡等人昧於「散」字的本義，對它望文生義，而有「形散神不散」的矛盾、玄虛的說法。不過，蕭、王之前不少學者、作家對散文的解說，可能也是「形散神不散」說的源頭。李廣田（1906—1968）是其一。四十年代李氏寫了兩篇《談散文》的文章，比較幾種文類的特色，說「詩必須圓，小說必須嚴，而散文則比較散」。比較之餘，他再來一個比喻：寫散文，「就像一個人隨意散步一樣」。[13] 李廣田的說法，望文生義之外，還引申其義：寫散文如散步。散步是漫無目的、隨意而為的。李氏出身於外文系，可能不知道駢散相對的道理；他是知名的散文家，三四十年代出版過《畫廊集》《迴聲》等集子，在文壇頗有影響。然而，不幸的是他對散文錯誤的詮釋，引起的只能是不美麗的迴聲。

　　認為散文可以隨意、隨便的，代有其人。梁遇春（1904—1932）說：「小品文是用輕鬆的文筆，隨隨便便地來談人生。」散文與詩呢？詩可以灑脫地寫，而散文比詩「更是灑脫，更胡鬧些罷」！這可說是李廣田詩圓文散論的先聲。梁氏還認為作家寫作，有時不

用賣力氣：「隨隨便便懶惰漢的文章」，淡妝粗衣、反而動人。[14] 比梁遇春更早提出「隨便說」的有胡夢華。他說：絮語散文「是由個人的主觀散漫地、瑣碎地、隨便地寫出來」，「是不規則，非正式的」。[15] 再向前推，則隨便說的先驅，是鼎鼎大名、影響無遠弗屆的魯迅（1881－1936）這位二十世紀雜文大家、《隨感錄》作者，認為散文重要的是流露作者的情感，在寫作手法上「是大可隨便的，有破綻也不妨」。[16]

　　隨意、隨便之說，加上隨筆之體，隨感、隨想之篇，散文作為一種隨隨便便、散散漫漫的文體，似乎就「文從字順」了，「形散」之說大有根據了。

　　郁達夫以為中圓古代沒有散文之稱，這不對。他認為散文一詞可能是翻譯得來的，這並非不可能。如果是翻譯，而譯的是 prose 這個名詞，則始譯者是誰？這個問題值得治散文史的人探究。無論如何，在五四時期，散文一詞已建立，且廣為人所用。劉半農（1891－1934）在 1917 年撰的《我之文學改良觀》、傅斯年（1896－1950）在 1919 年撰的《怎樣做白話文》、胡適（1891－1962）在 1922 年撰的《五十年來中國之文學》，都用了散文一詞，而其意義和我們現在用的並無不同。王統照

（1897 — 1957）在 1924 年撰的《散文的分類》，則更是對散文的一個研究了。[17] 上述諸人論述散文時，都把它與小說、詩、戲劇並列，作為文學的四大體裁之一。文學分為四大體裁，這是西方的慣例。上述諸人論述散文時，是否意識中有西方的文體論呢？這是大有可能的。而西方文體論中的散文（prose）一體，其特色為何？與隨意、隨便有沒有關係？

在西方文學中，prose 指無韻之文，verse 指有韻之詩。Prose 包括詩之外的小說、戲劇和散文，這是其廣義；其狹義則不包括小說、戲劇。Prose 之中，有 essay，其先導是法國的蒙田（Michel de Montaigne, 1533 — 1592）和英國的培根（Francis Bacon, 1561 — 1626），他們是十六世紀的作家。Essay 本是「嘗試」之意，或譯為試筆；作者或議論或抒情，內容和形式都很自由，在體裁上不像詩歌那樣有節奏、押韻等種種限制。至十九世紀，雜誌報紙愈來愈發達，試筆、隨筆的作家愈來愈多，familiar essay（或稱為 informal essay、personal essay）流行起來，重個人性格、自由書寫，無所不談、侃侃而談、親切而談，寫的都是「一家之言」，且往往是微言，是絮語。蘭姆（Charles Lamb, 1775 — 1834）那類

的 familiar essay 就被譯為絮語散文。十八世紀英國的約
翰生博士（Dr. Samuel Johnson, 1709—1784）已指出，
essay 是「心智鬆散的漫遊（a loose sally of mind）。[18] 散
文予人的印象確然如此。一和詩歌對比，散文的自由以
至「鬆散」判然可見。寫一手十四行詩（sonnet）時，行
數、字數、音尺、韻腳都有規矩格律；莎式十四行詩和
意式十四行詩，各有章法。是十四行就是十四行，更不
能增減一行半行。反觀散文就不同了，完全沒有上述的
限制，看來怎能不「鬆散」？[19]

　　前耶魯大學講座教授佩耶（Henri M.Peyre, d.1988），
在論述 prose 時，特別提到英國作家查斯德頓（G.K.
Chesterton, 1874—1936）的多卷冥想集，這些都是散
漫（rambling）的隨筆、漫筆。查氏指出，在章法方面，
包括 essay 在內的 prose，往往有一種散漫隨意（rambling
casualness），有一種自然而然（naturalness）。[20] 既是學者
又是作家的魯佩特（Phillip Lopate, 1943—），在其《散
文的藝術：古今文選》（*The Art of the Personal Essay：An
Anthology from the Classical Era to the Present*）的導言中，綜
論數百年西方散文傳統時說，informal essay 的特色之一，
是往往結構散漫（rambling structure）。[21] 西風東漸，散文

之風吹到東洋。廚川白村（1880——1923）在《說 essay》中說：

> 　　和小說戲曲詩歌一起，也算是文藝作品之一體的這 essay（散文），並不是議論呀論說的麻煩類的東西，[⋯]如果是冬天，使坐在暖爐旁邊的安樂椅子上，倘在夏天，則披浴衣，啜苦茗，隨隨便便，和好友閒話，將這些話照樣地移在紙上的東西，就是 essay。[22]

魯迅譯過廚川白村的《苦悶的象徵》一書，對他的理論性作品有相當的認識。前面引述五四以來魯迅等諸家的散文隨意論。散文之散漫隨便，其理論的流傳可能是西方至中士，也可能是西方至東洋至中土，也可能二者都有。

三、中西文論對結構的重視

散文可以寫得自然、隨意甚至散漫。然而散文忌散，師陀如此說，蕭雲儒也同意。李廣田在強調，散文如散步之際，卻也認為散文不應散漫，他說：

　　說散文是「散」的，然而既已成為「文」，而
且假如是一篇很好的散文，它也絕不應當是「散
漫」或「散亂」，而同樣的，也應該像一座建築［即
像小說］，也應當像一顆明珠（像詩）。[23]

散文大家梁實秋（1901－1987），在二十年代隨意
說流行的時候，早就主張「割愛」為散文藝術的最基本
原則。在《論散文》中梁氏說：

　　散文的毛病最常犯的無過於下面幾種：（一）
太多枝節，（二）太繁冗，（三）太生硬，（四）太
粗陋。枝節多了，文章的線索便不清楚［⋯］太繁
冗，則讀者易於生厭［⋯］散文的藝術中之最根本
的原則，就是「割愛」。一句有趣的俏皮話，若與
題旨無關，只得割愛。[24] 他還指出，即使是一個
美麗的典故、一個漂亮的字眼，「凡是與原意不甚
洽合者，都要割愛」；散文必須把作者心中的情思
「直接了當的表現出來」。

梁實秋之說，可謂劉勰（465－522？）「剪裁浮
詞」的迴響。《文心雕龍》論述文學這門藝術，認為作
品的結構十分重要。《文心雕龍·熔裁》說：「規範本體
謂之熔，剪截浮詞謂之裁。裁則無穢不生，熔則綱領昭

暢。」又說，寫文章要「首尾圓合，條貫統序」；如果
「委心逐辭，異端叢至，駢贅必多」。劉勰說的「委心逐
辭」就是作文如隨意散步一樣，這是要避忌的。《文心雕
龍·附會》則謂「總文理，統首尾，定與奪，合涯際，
彌綸一篇，使雜而不越」就是附會，就是結構；寫文章
就像「築室之須基構，裁衣之待縫緝」。結構好，就是
「首尾周密，表裏一體」。[25] 劉勰重視作品的佈局謀篇，
在《文心雕龍·章句》再申其旨：「啟行之辭，逆萌中篇
之意；絕筆之言，追媵前句之旨；故能外文綺交，內義
脈注，附萼相銜，首尾一體。」這樣對結構論述再三，
強調其重要性，劉勰可說是個「結構主義者」了。李漁
（1611─1680）論戲曲，對結構也非常重視，他說：

> 至於結構二字，則在引商刻羽之先，拈韻抽
> 毫之始。如造物之賦形，當其精血初凝，胞胎未
> 就，先為制定全形，使點血而具五官百骸之勢。
> 倘先無成局，而由頂及踵，逐段滋生，則人之本
> 身，當有無數斷續之痕，而血氣為之中阻矣。[26]

錢鍾書（1910─1998）論中西文化，常常指出
「東海西海，心理攸同」之處。[27] 誠然，中外一理的地

方多矣。文學作品的結構，是一有機統一體（organic
unity），這個說法源遠流長。我們幾乎可以說，西方
自從有文學批評以來，就有這個概念。奧仙尼（Gian
K.G. Orsini）告訴我們，在古希臘，柏拉圖是「這個概
念的提出者，也是它的主要形成者」。在柏拉圖（Plato,
427？—347？ b.c.）的《費鐸羅》（Phaedrus）中，有這
樣一段重要的話：

> 每篇論說都必須這樣組織，使它看起來具有
> 生命，就是說，它有頭有腳，有軀幹有肢體，各
> 部分要互相配合，全體要和諧勻稱。

在《詩學》（Poetics）中，亞里士多德（Aristotle,
384—322 b.c.）指出，情節是悲劇最重要的元素。像
柏拉圖那樣，他打了個比喻：有生命的物體，其各部分
的組成，必須有秩序，這樣才美麗。由部分組成全體
的各種物體，也必須如此。相傳為郎介納斯（Longinus,
213—273）所撰的《論雄偉》（On the Sublime）中，作
者讚揚莎孚（Sappho）的一首詩，說這位女詩人的技巧，
表現於她選擇了最適當的細節，然後組織起來，形成一
個有生命的個體。後世的談詩論文之士，對有機統一體

的肯定，例證太多，不勝枚舉。也許只多引柯立基（S. Coleridge）的一句話就夠了。柯氏被新批評家許為現代文學批評的先鋒之一，他說過：「美的意識存在於一種直覺，我們一時間感覺到部分全體間和諧妥貼，那就是美了。」[28]

四、古今的好散文，哪有寫得「散」的？

好的散文，就像好的詩、小說、戲劇、文學批評一樣，當然是集中緊湊、首尾呼應、字字珠璣的，不能鬆散、散漫、雜亂。唯有這樣，才能有效地溝通，而且使讀者欣賞其精思與妙技，而無愧於藝術品之名。

中國先秦散文中，語錄式文字如《論語》不必講究結構。短章式作品如《孟子》的「齊人有一妻一妾的」故事，則是極精鍊的短篇小說，結構完美。《荀子》啟議論式文章先河，其《勸學》等諸篇，構思嚴謹，章法綿密，誰說是隨意散步式的散文？[29]

唐宋古文八大家中，韓愈（768—824）如潮，蘇軾（1037—1101）如海，他們的文章都極具氣勢。韓潮蘇海，澎湃洶湧，馳騁奔騰，是的，然而韓蘇二公的散

文，誰説不講章法，不講結構？《進學解》與《前赤壁賦》
都是《文心雕龍》中《熔裁》《附會》《章句》諸篇理論
的最佳實踐。何沛雄在解説《進學解》時，引了林雲銘
（1658 年進士）對它的評論：「首段以進學發端，中段
句句是駁，末段句句是解，前呼後應，最為綿密。」[30]
《前赤壁賦》寫景敍事抒情説理兼之，而以水之流逝、
月之盈虛為主要意象，以詩和酒為輔，節奏起伏，悲喜
交替，其結構之縱橫開闔、前呼後應、首尾一體，歎為
觀止。一位美國漢學家在其近作論文中，也説《前赤壁
賦》是「一件非常小心結撰的藝術品」（a very carefully
constructed art work）。[31] 八家之外的范仲淹（989—
1052），其《岳陽樓記》也是結構完美的一個範例，古
今論者，莫不讚歎其起承轉合的謀篇之美。[32]

　　降至明清二代，晚明小品、桐城文章，都是文學史
必論的部份。張岱（1597—1679）《陶庵夢憶》的《柳
敬亭説書》一開始寫説書人麻面、黑臉，滿面疱瘤，但
他説書有種種奇技，結尾來一句「貌奇醜」，回應文首，
於是一個奇醜而有奇技的説書人畫像就嚴謹地完成了。
方苞（1668—1749）的《左忠毅公逸事》寫的也是人
物，縷述左光斗的剛正品格和感人事跡。方苞倡言「義

法」，義即「言有物」，法即「言有序」。這篇文章法度嚴謹，自不待言。

到了二十世紀，「隨隨便便」的散文出現了。然而，魯迅的《隨感錄》完全不計較佈局謀篇嗎？冰心（1900—1999）的《寄小讀者》，都是意到筆到的絮語，毫無章法嗎？朱自清（1898—1948）的《背影》《匆匆》等都是匆匆急就的散漫、蕪雜文字嗎？起承轉合、章法結構這些概念，是讀書人、寫作人集體潛意識中厚實堅固的文化積澱，文章是不可能怎樣鬆散隨便的。1961年《人民日報》發表蕭雲儒的《形散神不散》，同年楊朔（1913—1968）寫成《茶花賦》。它的頂真寫法，使文章法度綿密，井然有如串珠。[33] 海峽的彼岸，余光中（1928—2017）用理論和實踐展示他的「現代散文」。他的《逍遙遊》夠逍遙了，夠意識流了，然而，遊有遊縱，流有流程，其事其情，仍有脈絡可尋。余光中並沒有顛覆先秦至晚清的結構理論。他的《沙田山居》也好，《催魂鈴》也好，還有很多很多，都有完好的結構。[34]

在所謂「後現代」社會，印刷品旋生旋滅，雜誌領一月或一周的風騷，報紙則一日。香港的專欄雜文日產

數百篇,但岑逸飛(1945—)、陶傑(1958—)等等,都證明他們的文章並不雜亂鬆散。黃國彬(1946—)最新的小品《姓李》,從華裔風雲人物李小龍、李嘉誠說到唐太宗李世民,並及姓黃的子孫,不是主次分明、縱橫有序嗎?[35] 姓李的散文家李元洛(1937—),其近作散文集《書院清池》諸篇常見的章法之一,是首尾呼應。《母親,我沒有這樣長的手臂》《花開時節又逢君》《老樹春深更着花》等,莫不如此。《信筆說「信」》的寫法假如是信口隨筆那種,則作者信口成章、佈局井然的功力,使人佩服。[36]

這裏信筆舉例論結構,乏系統,不全面,顯而易見。修辭學的書,論佈局結構時,必舉古今散文為例;中國古今散文評點、評註或鑒賞一類的書,賞析時,也必照顧個別篇章的組織;這些都可以參考。朱世英等著的《中國散文學通論》第十章題為《可以言傳的散文技法》首三節,論立意、剪裁、佈局,與結構最有關係,也不應放過。[37] 前面說西方的散文,寫來較詩歌「自然」甚至「鬆散」,不過即使是隨筆絮語的散文,如蘭姆那些,也不能沒有脈絡、沒有結構。前述《散文的藝術》一書選錄了蘭姆的《除夕》《論耳朵》《夢中孩子:幻想錄》

《退休者》四篇，讀者讀之「聽」之，語調親切之際，並不覺得它們散漫，因為各篇都有其立意謀篇，筆者相信其內容種種，是作者剪裁過的。「我這個人似乎與寫字枱結合成一體了，連我的靈魂也變成了木頭。」[38] 蘭姆寫小職員單調的生涯，這是《退休者》的一個警句。這篇絮語散文有句也有篇，就像「青出於藍而勝於藍，冰水為之而寒於水」之於《勸學篇》一樣，荀子這篇議論散文有句也有篇。有篇，因為有好的結構。有句是一美，有篇是另一美。有句有篇才臻雙美。文章文章，章就是章法，主要是結構。潘銘燊（1945—）論文章的警句和結構時，說警句好比珍珠，「有句」之句，「好比散落的珍珠，但有誰能夠否認珍珠項鏈遠比散落的珍珠更有審美價值呢？」[39] 潘氏身兼創作者和鑒賞者，散珠和串珠之說，一語道破了結構的價值。

五、結語

　　文學作品不能不講結構。散文可以比詩歌自由靈活隨意，但其「散」乃與「駢」相對，而與鬆散無關。前者不用多說，後者也為很多人所共知。不過，蕭雲儒

「形散神不散」之論發表以來，被誤導者至今仍眾。近年出版的《文學原理》一書論散文時說：「散文的另一特點是形式自由靈活，可以用一個『散』來概括。」[40]「形散」的陰影，揮之不去。也是近年出版的《文學原理教程》論散文時說，散文「結構自由的原則就是形散而神不散」；又說「散文的形散，決非是斷線的風箏，它還要『神』不散」。[41]這簡直在複述蕭雲儒的理論了。希望經過本文上述的辨釋說明，矛盾、玄虛、昧於傳統的「形散神不散」的迷思誤說，從此煙「消」「雲」散；而對散文的本義真相，我們有清楚的認識。

二〇〇〇年

註釋

1　范培松：《中國散文批評史》（南京：江蘇教育出版社，2000）頁 381。

2　喻大翔：《兩岸三地百年散文縱橫論》（長春：吉林人民出版社，2000），頁 52。

3　師陀：《散文忌「散」》，《人民日報》1961 年 2 月 27 日。

4　這裏及下面引文都見於蕭雲儒：《形散神不散》，《人民日報》1961 年 5 月 12 日。

5　王爾齡：《散文的「散」》，《筆談散文》（天津：百花文藝出版社，1980），頁 35—37。

6　陸鑒三等編：《現代散文選讀》（杭州：浙江人民出版社，1980），頁 137。

7　劉說及曾說，引自傅庚生：《中國文學批評通論》（台北，華正書局，1975）頁 174、175。章說引自郭紹虞編：《中國近代文論選》（北京：人民文學出版社，1981），頁 422。

8　王說引自註 7 傅庚生書頁 327；李說引自同書頁 340。

9　郁氏此文收於現代散文研究小組：《中國現代散文理論》（台北：蘭亭書店，1986），見頁 397。蘭亭此書原由廣西人民出版社於 1984 年出版，主編者為俞元桂。

10　朱世英等：《中國散文學通論》（合肥：安徽教育出版社，1995），頁 5。

11　同上註。

12　陳柱：《中國散文史》（北京：東方出版社，1996；原版在 1937 年出版），頁 1。

13　李廣田：《談散文》，《中國現代散文理論》（台北：蘭亭書店，1986），頁 179—180。

14　梁遇春：《小品文選序》，《中國現代散文理論》（台北：蘭亭書店，1986），頁 49。

15　胡夢華：《絮語散文》，《中國現代散文理論》（台北：蘭亭書店，1986），頁 37。

16　魯迅：《三閒集，怎麼寫》，《魯迅全集》（北京：人民文學出版社，1981）第四卷，頁 24。

17　林非主編：《中國散文大辭典》（鄭州：中州古籍出版社，1997），頁 550：又沈義貞：《中國當代散文藝術演變史》（杭州：浙江大學出版社，2000），頁 5—6 亦有論述。

18　Phillip Lopate: *The Art of the Personal Essay*（New York Doubleday，1994），p.xxxvii。

19　同上書，p.xxxviii。

20　Peyre 為 1985 年版 *Encyclopedia Britanica* 所撰 "Nonfiction Prose" 條目，此乃 "Literature, the Art of" 前一部份，見有關冊數之頁 186。

21　同註 18，p.xxiv。

22　廚川白村曾任京都帝國大學教授，著述豐富，包括《詩歌與散文中所表現的戀愛研究》。

23　李廣曰：《談散文》，《中國現代散文理論》（台北：蘭亭書店，1986），頁 175。

24　梁實秋：《論散文》，《中國現代散文理論》（台北：蘭亭書店，1986），頁 59。

25　陸侃如等：《文心雕龍譯註》（濟南：齊魯書社，1995）有關篇章。

26　李漁：《閒情偶寄》，《中國歷代文論選》（郭紹虞主編；香

港：中華書局，1979），下冊，頁 21。中國歷代文論中，
重視結構的意見甚多。王連弟：《論中國古代散文語言簡煉
的傳統》，《華東師範大學學報》（哲學社會科學版）（1999
年第三期）即舉出陸機、劉勰等多人反對冗長散漫的理論，
見頁 51 — 54。張智華：《南宋人所編古文選本與古文家的
文論》，《文學評論》（1999 年第六期）指出，南宋文論家
很重視古文的構思。例如呂祖謙對歐陽修、蘇洵作品的佈
局、呼應等大為稱道。見頁 47。李孝華：《散文作家的精品
意識》，《浙江大學學報》（人文社會科學版）認為：此意識
包括篇章構制的「精巧」。見頁 141。

27　錢鍾書：《談藝錄》（補訂本）（北京：中華書局，1984），
　　頁 1。

28　黃維樑：《精雕龍與精工甕》，《中國古典文論新探》（北京：
　　北京大學出版社，1996），頁 47。

29　郭預衡：《中國散文史》（上海：上海古籍出版社，1986）上
　　冊頁 144 即指出《荀子》的文章已「具有嚴謹的結構」。

30　何沛雄等編：《新編中國文選》上冊（香港：香港大學出版
　　社，1983），頁 252。陳耀南：《古文今讀》（香港：中文大
　　學出版社，1992）也極言古文篇章結構之美，對《進學解》
　　推崇備至。

31　Robert E. Hegel: "The Sights and Sounds of Red Cliffs: on
　　Reading Su Shi", *Chinese Literature: Essays, Articles, Reviews* 20
　　(1998), p. ll.

32　譽之者極眾。近的例子可舉吳功正：《情理並茂，蕩氣迴
　　腸》，《范仲淹研究文集之一》（景范教育基金會編；香港：

新亞洲文化基金會出版，2000），頁 306—307。

33　黃維樑：《清通與多姿：中文語法修辭論集》（香港：香港
　　文化事業有限公司，1981），頁 155—160。

34　黃維樑：《香港文學初探》（香港：華漢文化事業有限公司，
　　1985）有專文析《催魂鈴》，可參看。

35　黃國彬此文刊於《明報月刊》2000 年 9 月號。

36　李元洛：《書院清池》（太原：山西人民出版社，1999）中
　　有關文章。

37　同註 10 朱著頁 786—852。

38　譯文出自劉炳善手筆，見劉炳善編選：《蘭姆絮語散文》（上
　　海：上海文藝出版社，1999），頁 158。

39　潘銘燊：《形散神不散》，《中文修辭自學通》（香港：明窗
　　出版社，1999），頁 40。

40　張建業等：《文學原理》（北京：中國社會科學院，1998），
　　頁 208。

41　畢桂發主編：《文學原理教程》（北京：中國書籍出版社，
　　1996），頁 81。更早的例子則有如姚麟園主編：《中學語文
　　教師手冊》（上海：上海教育出版社，1981），頁 814。《形
　　散神不散》一文對散文的誤解，已有多人指出過。參考松
　　木：《「形散神不散」質疑》，《不老的繆思：中國現當代散
　　文理論》（盧瑋鑾編：香港：天地圖書有限公司，1993），
　　頁 154—159。松木的文章原在 1980 年發表。又參考林
　　非：《散文論》（武漢：華中師範大學出版社，1992）。頁
　　460。

美麗的張世界

——讀張曉風的自選集《曉風過處》

一、曉風以劇為文

　　讀張曉風的作品，看她的生平自述，就知道她多情善感，想像豐富。讀小學時，她因背誦一空軍烈士就義前所寫的「頭上是祖國美麗的春天，腳下是祖國美麗的大地」而哭泣。她喜歡寫作，十三歲那年「幻想要成為大作家」。她不斷寫作、投稿、參加徵文比賽，散文、小說、戲劇都來；香港的獎項、台灣的「中山文藝獎」「青年學藝獎」一個又一個的散文獎堆疊起張曉風這位二十多歲的散文家。到了 1971 年她三十歲的時候，金光閃閃的「金鼎獎」頒給她的劇作《第五牆》。十三歲的夢幻變為現實，她成為大作家了。說她三十歲時已是大作家，保守之士會有異議——其實唐代的李賀和英國的濟慈（John Keats），都在二十六歲時繳出了彩筆，

前者升到天上的白玉樓，後者與冥間的荷馬暢論詩歌。三十歲如果太年輕，那麼到四十歲、五十歲，在她更多的散文、小說、詩、戲劇作品發表、獲獎，暢銷或長銷，且好評如潮如風之時，文壇和學術界都不能不承認張曉風是大作家了。

眼前這本選集，作品選自張曉風的十三本散文集、一本小說集、一本美學論述、兩本雜文集、一本報導、一本宗教著述、一本兒童作品集。光看文類之眾和作品數量之多，我們就可知道她的筆有多健旺，她的筆有多少姿采。

《文心雕龍》的《情采》篇說：「聖賢書辭，總稱文章，非采而何？」作家之為作家，必須有情有采；大作家自然應該更為多情或深情，自然應該更為多文采了。張曉風正是這樣。她以多產、多文類縱橫於文壇，如果要把她定於一尊，則她的「本尊」是散文家。散文可說理、抒情、寫景、敘事，張曉風對這些樣樣皆能。她最擅發揮敘事性的能量，把散文寫成一個接一個的戲劇場面；她還為散文增光添采，把散文寫成一段接一段的詩章。散文《母親的羽衣》一開頭是這樣的戲劇：

　　講完了牛郎織女的故事，細看兒子已垂睫睡去，女兒卻猶自瞪着壞壞的眼睛。忽然，她一把

抱緊我的脖子把我贅得發疼：「媽媽，你說，你是
不是仙女變的？」我一時愣住了，只胡亂應道：「你
說呢？」

場面溫馨如晚上黃金時段闔家歡的電視劇集，《驚》
一文的開端則如午夜的驚悚電影：「有一次去看畫展，
一進門，冷不防地被一整牆的張大千的大幅墨荷嚇了一
跳」，這裏戲劇的各種元素諸如時間、地點、角色、動
作、說白幾乎都一一具備。連一些散文集的書名，也這
樣有戲劇性。《步下紅毯之後》中，不是有「紅毯」為佈
景、有「步下」為動作，有「之後」暗示時間，而其中
有人物呼之欲出嗎？《星星都已經到齊了》這個書名，則
「星星」是角色，「已經」隱含着時間，「到齊」是行動。
張曉風以劇為文，奉行亞里斯多德的行動（action）律。
至於《常常，我想起那座山》一文，記敍她單獨「朝山」
的行動，只有主角一人，而獨白之外，還有與途人的對
白，且多的是動作。此文第二節《山跟山都拉起手來了》
是一個例子：

　　「拉拉是泰雅爾話嗎？」我問胡，那個泰雅爾
　　司機。

「是的。」

「拉拉是什麼意思？」

「我不知道，」他抓了一陣頭，忽然又高興地說：「哦，大概是因為這裏也是山，那裏也是山，山跟山都拉起手來了，所以就叫拉拉山啦！」

張曉風所朝的山名為拉拉，在台灣的泰雅爾族語言裏，拉拉是美麗的意思。名字美麗，「山跟山都拉起手來了」的動作更美麗。散文家張曉風通過寫景、寫動作、寫對白這些具體手法來抒情、說理，正是中西文學論者所說的「寓景於情」「用形象來表現思維」「以象來表意」的創作技巧，也就是余光中在張氏《你還沒有愛過》序言中說的具有臨場感（sense of immediacy）。張曉風把一段一段直接或間接的生活經驗記在腦海中，寫在稿紙上，讓讀者閱讀時如聞其聲、如見其人、如觀戲劇，對其描述的世界可觸可感。這位常常感動於天地萬物的作家，表現了豐富的感性。

二、曉風以詩為文

她的另一種感性呈現於其詩化語言。詩化語言的最

大特徵是用比喻。從亞里斯多德、《毛詩序》作者、雪萊、劉勰到錢鍾書，一切的詩論文論無不視比喻為修辭的關鍵、為文采的象徵、為作者才華的標誌。

摹山範水時，我們總用比喻，也因此我們有龜山、象鼻山、飛鵝山等等。張曉風把一座山比喻為一方紙鎮：「美的凝重，並且深情地壓住這張紙，使我們可以在這張紙上寫屬於我們的歷史。」在《常常，我想起一座山》這名篇中，這座拉拉山有歷史有文化，「山是千繞百折的璇璣圖，水是逆流而讀或順流而讀都美麗的回文詩。」張曉風禮讚這座山，論者如余光中、方忠都禮讚張曉風「山人合一」的這個比喻：

> 山從四面疊過來，一重一重地，簡直是綠色的花瓣——不是單瓣的那一種，而是重瓣的那一種——人行水中，忽然就有了花蕊的感覺，那種柔和的，生長着的花蕊，你感到自己的尊嚴和芬芳，你竟覺得自己就是張橫渠所說的可以「為天地立心」的那個人。

在這個奇麗的「山人合一」中，人顯現無比的尊嚴。張曉風以詩為文，形容至大的山，也形容至小的精子。她的《人體中的繁星和蒼穹》一文，題目已用

了比喻；裏面寫精子，則說牠們是生命的戰士，只
顧奮力泅泳，「抱着億一成功的希望」而全力以赴。
作者在解說生命科學，客串為文筆最生動的「科普」
作家。

　　偶爾科普一下，張曉風寫得最多的仍然是人生。從
冰心到琦君到大中小學生的作文，母愛是恆久普遍的主
題。關於母愛，張曉風發明新的寫法，她創造了一個奇
特的比喻——把母親形容為自甘困鎖在家裏的仙女。一
個女子結了婚，且生育了兒女，自此成為母親，任勞任
怨。有福丈夫兒女享，有苦自己嚐。張曉風寫道：母親總
是把紅燒肉和新炒的蔬菜放在父親面前，她自己面前永
遠是一盤雜拼的剩菜和一碗「擦鍋飯」。但她不以敍述
鋪陳家事為滿足，她說母親一直「把自己牢鎖在這個家
裏」，而她那象徵年輕、美麗、飄逸、自由的仙女的羽
衣則鎖在箱子裏。母親有鑰匙，知道怎樣打開箱子——

　　　　她知道，只要羽衣一着身，她就會重新回
　　到雲端，可是她把柔軟白亮的羽毛拍了又拍，
　　仍然無聲無息地關上箱子，藏好鑰匙。是她自
　　己鎖住那身昔日的羽衣的。她不能飛了，因為
　　她不忍飛去。

三、曉風新月，愛滿天地

　　張曉風這個名字，容易使人聯想到柳永《雨霖鈴》的「曉風殘月」，進一步把她與婉約陰柔的風格等同起來。張氏的「曉風」，卻是與新月在一起的，是曉風新月，甚至是清風明月，甚至是和風麗日。她觀察明月下麗日下的人間世事，且經常參與其間，時時使「我在」現場（《我在》是她一本散文集及其標題之作的題目）；她多情善感，作品的題材極其多元。母愛和山水之愛，只是她作品內容的小部分，她寫對丈夫、兒女、學生、朋友、花鳥蟲魚、語言文字、歷史文化以至國家民族之愛。因為愛荷花，一天，她心血來潮，一下課就從她任教的大學乘計程車直奔荷花池。某年暑假她獨自去了一趟日本，以前曾到富士山，知道山中有些湖區，這次下了飛機便直奔美之所在，僱計程車載她繞湖一周。又有一次，她偶見永和橋邊有駕訓班，覺得那裏落日極其美麗，便忍不住參加了。

　　1980 年代她在香港的一間學院擔任客座教席，當時香港面臨九七問題，她身處其間，與港人同憂感，且愛上這個城市。「一九八四年二月合約期滿，要離開的那

段日子，才忽然發現自己愛這座危城有多深。」她用什麼方法來回報這個「擁抱過的城市」呢？她決定捐血。捐血時，她「瞪着眼看血慢慢地流入血袋，多好看的殷紅色，比火更紅，比太陽更紅，比酒更紅，原來人體竟是這麼美麗的流域啊！」（引自《從你美麗的流域》）張曉風認為捐血對她來說是一種收穫，「感覺自己是一條流量豐沛的大河」，這正是《聖經》所說的「施比受更為有福」。她愛香港，更愛台灣。台灣最近數十年來也有危機，有困境，台灣也有移民潮。張曉風選擇留下來，她愛這塊土地、人民及其文化。

　　她的愛心伸展到泰國北部的華人難民。《永夜》是一篇報導文學，寫她和一群台灣的醫護人員到泰國北部為難民救苦療傷。散文家兼大學教授張曉風成為義工菩薩。在泰北，她聽到一則阿芙蓉花的神話，當然要為文憐惜地記錄下來。張曉風親親而仁民，仁民而愛物，認為人人都有其尊嚴。動物亦然。在《一隻醜陋的狗》中，她對着一隻極難看的狗，先是厭惡，繼而看到它在陽光中的花草裏打滾，忽而覺得它「正在享受生命，它在享受春天，我除了致敬，竟不能置一詞」。她有佛教的慈悲，有基督的大愛。但丁《神曲》說：「藉着大愛在

永寧中的溫煦，這朵花得以萌發這樣的生機。」（黃國彬
譯文）張曉風藉着大愛，她的文學之花萌發生機。更因
為她對文字之大愛和她出眾的大才，她的文學之花開得
華美秀潤。曉風過處，一片清新。她是二十世紀中華的
散文大家。

四、「生的美多」：美麗的張曉風世界

人生多悲哀，國家有苦難，張曉風書而寫之，感而
慨之。她曾虛擬一封魏台生寫給魏京生的信，深刻抒發
她對中華民族的悲情。然而，因為愛，她筆下多是對自
然與人間的歡喜讚歎。魯迅與錢鍾書奮力刺斥人性的醜
惡，張曉風昂然讚揚人生的美善。張曉風和張愛玲同宗
而不同調。陰陰沉沉的張愛玲，冷風殘月地說：「生命是
一襲華美的袍，爬滿了蝨子。」我想，張曉風會清風明
月地說：「生命是一襲華美的金袍，如果其上有蝨子，你
勤快，就捉它，不勤快，就容忍共生。」春夏秋冬四時
變化，感動心靈。《文心雕龍》的《物色》篇說：「物色
之動，心亦搖焉。」不論怎樣動怎樣搖，張曉風的心境
永遠是春天，正合了劉勰所說的「春天，悅豫之情暢」。

　　她悅豫於事事物物，筆下出現種種的美麗。台北有家賣麵的，店的門口常常換廣告詞。一次，張曉風看到這樣的美好句子：「每天一碗牛肉麵，力拔山河氣蓋世」，這使她對白話文學多出一份信心（見《種種可愛》）。一家餃子館的招牌是「正宗川味山東餃子館」，上面有電話號碼，前面註着 TEL。張曉風讚美道：「一個小招牌，能涵容了四川、山東、中文、阿拉伯（數）字、英文，不能不說是一種可愛。」（見《種種有情》）而餃子呢？「餃子自身是一個完美的世界，一張薄繭，包覆着簡單而又豐盈的美味。」「熱霧騰騰中，指紋美如古陶器上的雕痕，吃餃子簡直可以因而神聖起來。」「一切完美的留痕，甚至餃皮上的指紋不都是美麗的手澤嗎？」（同上）餃子和吃餃子，可以是「美麗」甚至「神聖」的；而她母親的一張湘繡被面，則「美麗得不近真實」；陽光中竹竿上的衣物，顏色更「富麗動人」（見《母親的羽衣》）。至於「初春的桃花，深秋的楓紅，在我看來都是美麗得違了規的東西」（同上）。「美麗得違了規」這樣的修辭，張曉風顯然享有專利權。

　　張曉風是否太 sentimental 呢？也許是的。不過，我們相信她是性情中人，她小時候就為美麗而哭泣，成家

後夫妻恩愛、子女成材，而且文學事業順遂，這就使得她更懂得感恩和讚美了。她 sentimental 是因為「生的美多」——生命、人生的美麗實在有很多。張曉風是基督徒，聖詩《你真偉大》（"How Great Thou Art"）頌揚上帝對天地萬物奇妙的創造，她口中和心中一定常常縈迴着這首歌的歌詞。她用文字傳的是美麗的福音，讀者受她感染，人生觀應該也會積極起來。

　　莎士比亞筆下的丹麥王子親歷人間的苦難，但他也讚美宇宙和人。下面丹麥王子的話，中華的張曉風一定會響應：「這頂優美的天空的華蓋，你看，這璀璨高懸的昊空，這鑲嵌金光之雄渾的天幕，[⋯] 人是何等巧妙的一件天工！理性何等的高貴！智能何等的廣大！儀容舉止是何等的勻稱可愛！行動是多麼像天使！悟性是多麼像神明！真是世界之美，萬物之靈！」（梁實秋譯文）美、華麗、美麗是張曉風散文中最常出現的字眼；碩士生、博士生的學位論文，如用量化研究法，經過統計，可得出其高頻率的具體數字。

　　莎翁筆下另一個角色——天真的美蘭達（Miranda）——初窺世間人物，高聲道：「這裏的人多麼善良，人類多麼美好！啊，美麗的新世界！」對於既天真又歷練的

張曉風來說，這個世界並不新，也不都美麗，但她觀於眼、感於心，多情深情地用亦剛亦柔的采筆告訴我們：這是個美麗的世界！──這是個多情而美麗的張曉風的世界！

附記

我認識張曉風教授逾二十年，彼此時以「曉風」「維樑」相稱，而相交如水，長流細細。這次曉風囑我為她的自選集《曉風過處》（香港明報月刊出版社，2009）寫序，我驚寵之際，欣然受命了，因為這是一項美麗的任務。我在上面的序言中，已嘗試道出曉風作品的特色與成就；然而，為求文章一氣呵成，乃未能照顧她作品的各個方面。例如，她怎樣在作品裏中外逢源地驅遣古今學問，她怎樣靈巧多變地佈局謀篇，我都沒有論到。她用感性筆法談文說藝，如《玉想》《河飛記》《楊貴妃和她的詩》諸篇所活潑顯示的，我都未能兼顧。曉風有不少幽默小品，令人解頤或捧腹；本選集只挑了《孔子點名記》，而我也未能點評。她兼寫「雜文」，如《通菜與通婚》一篇，從吃菜與嫁娶論「大同世界」的可能性，

有這樣的獨到之見：

> 大凡你要觀一個地方的政治前途，只要看兩
> 件事。第一，看當地各種人是不是吃彼此的菜。
> 第二，看他們肯不肯彼此嫁娶，如果這兩項做
> 到，則「大同世界」也為期不遠。[…]故曰：「立
> 國之本，在通菜及通婚。」

可是這篇雜文連入選本書的機會也沒有。她的一些
戲劇創作，頗具前衛色彩，是台灣「新戲劇」（據馬森
教授用語）的重要篇章；在本選集中，也成了遺珠，而
我更未遑析評。幸好海峽兩岸關於張曉風作品的論著頗
多，讀者在盡情「悅讀」她美麗的作品之餘，可斟酌參
考這些論著。

二〇〇九年七月初

陳之藩有兩個頭腦？

——評其《釣勝於魚》等散文作品

　　陳之藩先生在香港辭世，台灣的《聯合報》頭版頭
條報導，並刊出他在生時和妻子童元方教授的大幅彩色
照片。文化教育界人士紛紛表示悼念，稱述其散文的成
就，「我是讀着他的作品長大的」，不少中年人這樣説；
其名篇如《失根的蘭花》《哲學家皇帝》《釣勝於魚》《謝
天》等被人點題讚美。馬英九先生親臨追悼會，「早上赴
會前，我重溫了陳先生的兩篇散文」，他告訴記者。陳
之藩在香港中文大學教過多年書，中大也為他舉行了追
思會。

　　陳之藩（1925—2012）雖是電子學教授，其散文
家的聲名似乎蓋過了科學家的。我在讀大學時，他的文
集《旅美小簡》和《在春風裏》正流行，讀他的留美生
活書寫，他對美國大學學術環境的禮讚，對留美生活的
孤寂之愁，以至失根之恨，我人在香港，卻有如同身受

的感覺。他把留學生活寫得充滿感性，把花果飄零般知識分子的家國之情寫得生動。近年文學學術界喜用離散（diaspora；我翻譯為「太息啊不樂」）理論解說現代華文文學，《失根的蘭花》一文，正合離散論的旨趣。1949年以來的華文文學中有所謂「留學生文學」，台灣的於梨華、白先勇等的小說是其大宗；在散文方面，陳之藩大概是個開風氣的寫手。在「來、來、來，來台大（台灣大學）；去、去、去，去美國」的聲浪中，陳之藩的留學生散文，打動了想去或已去美國的高中生或大學生，其書受歡迎，某些篇章後來更獲選入台灣、香港、澳門以至大陸的語文科教材，於是兩岸四地都有「我是讀着他的作品長大的」人，有他的粉絲，「桂冠文學家」「中國現代最出色的散文家之一」之類的盛譽，也來了。

　　其實陳之藩的散文並不怎樣出色，甚至有文理不通之作。其名篇《謝天》表述「心存感謝」這種美德，有教育意義，寫來有景有情，文筆流暢而已。《失根的蘭花》富家國之思，有古代詩詞名句、民間傳說以點染中華色彩；對主題「失根的蘭花」並沒有醞釀、呼應、象徵之功，不耐咀嚼。有些句子如「校園美得像首詩，也像幅畫」，簡直是文藝青年的腔調。他抒情有數，而寫

景無方，説理更乏力。

　　陳氏是電子科學家，他「説理乏力」，此話當真？《釣勝於魚》就是辭勝於理。從題目和內容看來，作者要説明的是：釣到魚與否不重要，享受釣魚的過程才重要；工作之所得不重要，喜愛工作、從工作中得樂趣才重要。我們分開來看，「釣到魚與否不重要，享受釣魚的過程才重要」之説是可通的；「工作之所得不重要，喜愛工作、從工作中得樂趣才重要」之説也是可通的。然而，合起來看，兩者之意就有分別了。

　　在山光水色中悠閒地垂釣，正所謂其意在山水美景之中，與工作（研究工作或其他工作）的人其工作環境之可能很不美麗、工作過程之可能很不悠閒，釣魚與工作兩者，可能屬於迥然而異的境界。也就是説，兩者或不能相提並論。

　　進一步可疑的是，陳之藩所説的魚，指的究竟是什麼。文中多次提到研究工作的金錢報酬，如「在這種境界中的人是無法再生名利觀念的」、「愛因斯坦常忘了兌取支票」、「科學家不僅忘了薪俸的多寡」等等，然則題目的「魚」是指金錢報酬了：人應只求工作之樂趣，不理鈔票之有無。我們可以説，這般「清高」的行為是可

褒可羨的。然而問題來了：從事學術研究工作，目的和樂趣只在研究工作本身，而不希望有成果即有發現、有發明嗎？

大學或其他機構撥出大筆欸項讓學者從事研究工作，目的是只供學者享受工作的樂趣，不指望學者有成果即有發現、有發明嗎？學者皓首從事研究工作，把青春送給科學實驗室，不指望有成果即有發現、有發明，以造福蒼生、以出人頭地、以獲授諾貝爾桂冠嗎？這樣說來，工作的成果就是發現、發明，就是釣者欲釣得的魚；釣得的魚，愈多愈大愈鮮美則愈好。如果美國的科學家和人文社會學科學者，都只樂於釣而無所謂於得魚，即「釣勝於魚」，美國怎能成為且維持為學術文化經濟各領域的超級大國？

《釣勝於魚》說的是歪理，且歪理迭出。《哲學家皇帝》一文則讀來讀去不知道其理為何。《文心雕龍》的《論說篇》謂「論」者「彌綸群言，而研精一理」；《哲學家皇帝》的「一理」為何，我們摸不着「哲學家」和（或）「皇帝」的頭腦，只能以無理頭或無厘頭視之了。題目是《哲學家皇帝》，內文又提到「希臘哲人」，讀者自然推論「哲學家皇帝」指的是柏拉圖《理想國》一書所說的

哲學家皇帝（philosopher-king）。陳之藩說美國的「中學生送牛奶、送報；大學生作苦力、作僕役，已經是太習慣了的事。這些工作已經變成了教育的一部分。這種教育，讓每一個學生自然的知道了什麼是生活，什麼是人生。」根據這樣的認識，陳氏結論道：「所以一個個美國孩子們，永遠獨立、勇敢、自尊，像個哲學家帝王。」

這樣的論述，我們不知道作者依的是什麼邏輯。送牛奶、送報，作苦力、作僕役——這些勞動和「獨立、勇敢、自尊」且是「永遠獨立、勇敢、自尊」到底有什麼關係或密切的關係？跟着的問題是：「永遠獨立、勇敢、自尊」就是柏拉圖《理想國》一書所說哲學家皇帝的品質嗎？此書所說的哲學家皇帝，必須具備的愛智慧的品質，哪裏去了？何況既為皇帝，則哲學家皇帝在一國中必然屬於極少數；人人都是哲學家皇帝，這個國家而不龍爭虎鬥而大亂者幾稀！

陳氏接着講述美國一青年拒受父親遺產的故事，然後寫道：哲學家帝王「不僅要受苦，還要有一種訓練，使他具有雄偉的抱負與遠大的眼光，可惜這一點，美國教育是忽略了。忽略的程度令人可哀。」這裏引生的問題更多。一是為什麼不在描述「獨立、勇敢、自尊」的

哲學家帝王品質時，一起交代「雄偉的抱負與遠大的眼光」之為其品質？二是旅居美國才幾個月的陳之藩，憑他的什麼觀察，得到以下的結論：美國教育忽略了使青年「具有雄偉的抱負與遠大的眼光」的訓練，且「忽略的程度令人可哀」？陳氏服膺胡適，胡適教人為學要「小心求證」，陳氏的證據在哪裏？或許「美國教育是忽略了」等語，乃引自他人說法；若然，你陳之藩對此說全盤接受？作為理工科學者，你的理性、你的科學態度在哪裏？

　　陳之藩有另一個「觀察」：美國青年仍缺少一些東西，「什麼東西，我不太能指出，大概是人文的素養吧。我在此三四個月的觀感，可以說：美國學生很少看報的。送報而不看報，這是件令人不可思議的事。」陳氏又說：「美國的教育與社會所賦與青年的，足夠了。而在人文的訓練上卻差得很多。」他用不確定的語氣說「大概是（缺少）人文的素養吧」在前，用確定的語氣說「在人文的訓練上卻差得很多」在後，已有前後不一之弊；「人文的素養」指的是什麼？看報是增進「人文的素養」的一個項目？是最大的項目？是唯一的項目？美國學生「送報而不看報」，你陳之藩怎樣知道？根據你在哪裏的

什麼觀察、調查、統計？當今全球的學生都不怎樣看報紙了，六十年前陳氏寫《哲學家皇帝》一文的時候，美國的學生已經如此？這又牽涉到科學態度了。還有，美國的學生缺失這麼多，你陳之藩卻仍然尊他們是高貴的哲學家皇帝？

接受過科學訓練的陳之藩，知道且應該具備科學態度，即講事實、講邏輯、講精確的態度；我們相信身為理工教授的陳之藩，有這樣的一個頭腦。作為散文家的陳之藩，難道就變出另一個頭腦，用這個頭腦來寫作？寫《哲學家皇帝》之類散文時（它是一篇說理性散文！），就不必講事實、不必講邏輯、不必講精確了，不必講《文心雕龍》《論說篇》所要求的「鋒穎精密」了？

筆者曾與陳氏同在一個大學工作，他理工科的高頭講章我未曾也無力拜讀。同為沙田人，我倒是聽過他的文學高論，如記憶力強的人寫不出好文章，如當今我們中國人處身於一個沒有詩的時代，等等。現在沙田的這位前輩作家往生，有朋友問我對他的看法；我本來可以憶述一些有趣的往事，或表揚他作品的佳勝之處。不過，向來所見的褒語已多，他的名篇更被一再提及。想到這些名篇是語文科教材的範文，學生讀之以增進「人

文的素養」的，而這些人文食品卻含有瘦肉精，有塑化劑；心所謂危，口不能不提出警告，希望教育當局或教科書出版社，把這些反面教材「下架」，以保莘莘學子思維的健康。

二〇一二年

知音的摯情

——讀《人間有知音：金耀基師友書信集》

「我是幸運之人」

　　2018 年 7 月 21 日，在香港書展的一個演講廳門口，我一見到講者金耀基教授，馬上禮貌地攔住他，介紹來自北京的朋友李君。李君為出版社編輯，告訴金教授，希望獲得其《大學的理念》一書的內地版權；可惜得到的回答是：此書在內地已「名花有主」。悵悵然走進廳裏，我們坐下，講座開始，金教授以《人間有知音》為題，開了金口。這個演講乃因其最新著述《人間有知音：金耀基師友書信集》（香港中華書局 7 月出版）而設。

　　金耀基這位香港中文大學前任校長，是著作豐碩、名馳遐邇的社會學者、教育家；今天的演講，卻讓我和北京來的朋友覺得他是位文學教授。他由古代元好問的名句「問世間情是何物」起講，列述愛情、親情、友情

種種情話；李君得不到「大學的理念」，卻收穫滿滿的「人間的感情」。友情往往來自「知音」，友情更因相知而加固。伯牙擅彈琴，子期善傾聽，感人的故事引出著名的理論：劉勰《文心雕龍·知音》開頭的語句從金口琅琅而出：「知音其難哉！音實難知，知實難逢，逢其知音，千載其一乎？」我深愛《文心雕龍》這部文論經典，近年致力闡釋發揚其理論。想不到我之外，金教授也是《知音》篇的知音。不過，這位重情的知音十分理性，認為「千載其一」說是誇張了；他一生就遇到很多知音，因此才有這本《書信集》。

　　他跟着娓娓而談，美美而談，介紹成書的經過和本書的內容，例如收了哪些師友的書信，與某某師友的交往又如何，其專業成就又怎樣。最後是一段金聲琅琅的夫子自道：「我是幸運之人，我八十年的人生，做人做事，實不少有相知相重的知己。我五十年的書寫，尤不少有同聲相應，嚶嚶求友的知音。知己知音，不必多情，而情在焉。問情是何物？答曰：『情有多種，情之清而貴者，知己知音心中一點靈犀耳。』」這場演講，講詞起承轉合，本身就是生動傳情、跌宕入理的一篇好文章。

優雅的散文·半部回憶錄

　　演講既畢，問答已已，數十位聽眾一擁而上，卻又如香港文明人一向的秩序井然，排隊請金教授在剛購買的新書上簽名留念。我與李君坐在頭排，於是排頭兵成為請簽名的先鋒。講座之前，「老校長」金公透露機密，說這本《書信集》收了我的信。如講座中所說，凡是有信件入集的人，金教授對此人有或長或短的記述和點評。我有此機遇，自然開卷快讀。現年83歲的榮休講座教授，近月日夜動腦揮筆，不休地工作，每有一日「加班」超過八小時的，終於完成這「半部回憶錄」的編撰：有回憶錄的書寫，兼有述評師友的內容，這真是創意豐盈的一部書冊；它既是優雅的散文，也是當代文化人的傳記材料。

　　在歸途中，在家裏，我肆意閱讀，錢穆（新亞書院創辦人）、李卓敏（中大創校校長）、饒宗頤、余光中、楊振寧等等學術、教育、文學各界人士，兩岸三地以及海外都有，一共逾百位，在金教授的記述中各顯丰采。這些記述，不是太史公的「列傳」，不是魯迅寫阿Q的「正傳」，或許可稱為「別傳」。這使我想起余光中的著

名散文《沙田七友記》，所記的方式也可說是「別傳」。
非常難得，兩種「別傳」中都有我。余翁和金公對我的
述說，我讀來莞爾，但這裏不便徵引，以避自我宣傳之
嫌。我最感興趣的是金公怎樣述評我熟悉的沙田校園舊
同事。

散文家蔡思果與哲學教授劉述先

　　金公與蔡思果互為知音，彼此稱讚對方的散文：蔡
說金篇「文字精妙，思想高超，信為傳世之作」；金謂
蔡的散文「一看入迷，不能釋手，對他從容不迫，充滿
機趣的筆調甚為心折」。蔡思果也是翻譯家和翻譯理論
家，《書信集》引他的翻譯論述；下面的語句是我初讀
的，頗使人心驚：「譯老英文最難，像攀登景陽岡，老虎
多，風險大，要有武松的體魄，才不會送命。」

　　劉述先和金耀基都是台灣大學的校友，在中大新
亞書院共事，二人「合作無間」。金公表揚劉氏「在西
方英語世界推揚儒學」，也談到劉氏「與唐君毅先生之
間的不愜」，但金公對此「始終不甚了了，述先在我面
[前]也未多說，述先始終肯定唐先生的學術地位」。我

想，這大概就是一種「不和而同」了，「同」指認同其學術地位，難得有此器量。和眾多新亞人一樣，劉述先可說的嚴肅事和有趣事甚多，全書人數逾百，金公只得「惜墨如金」，不能人人詳寫。

關於哲學系的劉述先教授，我最難忘的是在雲起軒邊吃牛肉麵邊擺龍門陣，他議論縱橫時露出的童稚式笑容——近乎傻笑的。也有嚴肅之時。有一次，他讀了我送他的《古詩今讀》後，帶着興「詩」問罪的口吻道：「你為什麼只講杜甫，不講李白？」沙田校園的讀書人真是讀書人，《書信集》中金公寫道：2016 年述先病逝，妻子說「述先最後的歲月，幾近失明，深以不能讀書為苦。」唉，《聖經・傳道書》早就說「讀書多，身體疲倦」；金屬會疲勞，任你有火眼金睛，金睛也會疲倦以至失明的。我所熟悉的詩翁余光中，仙逝前也患眼疾，視力衰退——但比起古代文人如韓愈未到四十就髮蒼蒼、視茫茫，幸運多了。與劉「不愜」的唐君毅，以及錢穆夫子，晚年都有眼疾。錢夫子為新亞所寫的校歌有「東海西海有聖人」的名句；我們可說東海西海都有頻近失明的老年讀書人，最近讀到關於喬艾斯（James Joyce）的文章，他也是「苦不能讀」的一例。

陳方正「科學與人文雙修」

　　《書信集》中的陳方正又是一位人物，金教授形容他「科學與人文雙修」，我們也可以說他「一個人而具兩種文化」（a man of two cultures）。本來是「洋」的物理系教授，後來卻成為大學的祕書長，更當了「華」的中國文化研究所所長。金公列舉陳所長的種種建樹，懷念如何在中大改制時「風雨滿天的日子裏成為知交」，還讚揚陳方正近年為其先父陳克文先生設立「近代史講座」，又整理出其父親的《日記》兩大冊，金公曰：「亦可謂極盡人子的孝思矣。」我對陳教授則有一種「知遇」之情。1976 年我從美國取得學位回母校教書，屬於新亞書院；陳先生屬於聯合書院，大概看過我的一些文章，就請我為聯合的學生講述愛爾蘭詩人葉慈（W.B. Yeats）。此外對我還有一些厚愛。

　　1980 年代是香港與內地開始頻繁交流的歲月。身為新亞書院院長的金耀基，為交流活動搭建金橋，如北京的朱光潛與台北的錢穆等等耆耊學者就曾交匯於此，並「在交匯時放出光亮」（借用徐志摩詩句）──雖然已是微弱的晚霞之光。陳先生同樣促進種種交流，1984 年巴金應邀來中

大領受榮譽博士學位，就是他建議和策劃的。這中間有一
段插曲。中大一向為榮譽博士學位獲得者寫一篇讚詞，
對巴金也如此。當時余光中先生是中文系教授，教的以
現代文學為主，讚詞應由他來寫；然而，「有變卦」，陳
教授憶述道：「負責撰寫和宣讀讚詞的詩人余光中教授來
看我，說他自己也是文學家，不能違背良知來稱頌另一
位他並不認可的作家，要求大學另請高明。」距離典禮只
有一個月，陳先生只得臨危「自」命，自己執筆。說陳方
正「科學與人文雙修」，這篇情辭並茂的讚詞是個好例子。

　　這裏說的故事，還有讚詞，都收錄於陳氏 2016 年
中大出版社推出的文集《當時只道是尋常》；此書由金
公題簽，並撰寫推介詞。今年春節，我在揚州市圖書館
新書架上不經意看到此書的內地版本，書名作《用廬憶
舊》；頗驚喜於揚州文化深厚，圖書館收羅廣闊，特地為
書拍下了照片。

金耀基與余光中互為知音

　　此書所說余光中「另請高明」一事，我想是有緣由
的。以言散文，巴金「實事求是」地寫；余光中則講究

文采，壯年時建立「余體」，風格尤其飛揚甚至跋扈。以言小說，巴金顯得激情洋溢（夏志清和白先勇即有此評論）；余光中的文學胃納很大，作品也繁富多姿，令他喜歡讚歎的現代小說則是錢鍾書《圍城》式的機智、幽默和諷刺。文道不同，余光中自覺不能由衷讚譽巴金，與其「為文造情」（《文心雕龍》語），不如不為文，是以婉拒，這正是他坦率的表現。2017 年 6 月，我和家人到高雄探望余先生，談到婉拒之事，並出示陳著，余先生沒有表示什麼意見。

　　說到幽默，上面提及的余先生《沙田七友記》，所掃描的諸友，多為其輕鬆幽默的「側面」。例如七友中的蔡思果，他翻譯又創作，寫絮語式散文，講話則絮絮綿綿，余光中用「迷人的嘮叨」形容之。又說這位中國書生「迂得可笑，又古得可愛」，其最具《世說新語》意趣者，無過於「擁吻人家的太太」事件。話說某年某日，翻譯家高克毅完成在香港中文大學的業務，將飛返美國；余氏寫道：宋淇夫人、思果和某女士在機場送別；「臨上機前，高克毅行西禮向兩女士虛擁親頰。不久思果在我家閒談，述及此事，猶有不釋，再三歎道：『怎麼可以這樣？當眾擁吻人家的太太！』我說：『怎麼樣？當

眾不行，難道要私下做嗎？』大家都笑起來。」這真實的故事還有下文，就此打住。我引述《沙田七友記》的內容，也到此為止。

概而言之，金耀基的《書信集》的師友述評，雖非正傳，卻是相當「正襟危坐」用金筆寫的；余光中的《七友記》也非正傳，而他「旁敲側擊」，其鋼筆力求點中讀者的笑穴。余、金兩位，都能廣為欣賞濟濟多士的才華，且樂道其美其善。余、金兩位就有互相欣賞的佳話。金公在《書信集》對余光中的褒揚，十分慷慨，他寫道：「余光中沒有獲諾貝爾獎，很難說是余光中還是諾貝爾的遺恨，幾乎可以肯定的，余光中將與李白杜甫 [⋯] 蘇東坡等中華詩壇驕子共在，中國文學殿堂中不能不為光中設一把座椅。」金耀基不但閱讀余光中的作品，還閱讀對其作品的評論，流沙河、喻大翔和我的話都引錄了。關於余光中的這則「別傳」特別長，金請余在新亞演講，余請金在高雄演講，述其盛況就用了不少篇幅。

以上我只道及《書信集》內容的吉光片羽，一邊說還一邊加上我對舊同事的一些回憶。名為《書信集》，眾位大師、大家、名家的毛筆、鋼筆、水筆、圓珠筆墨

色，花式繁富。光是錢穆的四封信，從用毛筆到用水筆，從筆劃雄健到筆劃散漫，就可賞又可析：筆劃散漫的信是錢夫子視力漸漸衰退時寫的。初讀《書信集》，惹出我的諸般懷舊之情，此情越讀必然越深越廣。問世間情為何物？是「人間有知音」的摯情。

二〇一八年夏

「藻耀而高翔」：黃國彬的散文

一、華山夏水的現代「賦」

　　黃國彬在香港出生、受教育，畢業於香港大學，
先後獲得學士、碩士學位，後來在加拿大多倫多大學深
造，得博士學位。在香港和多倫多的多所大學任教。在
教書生涯的後期，他是香港嶺南大學然後是香港中文大
學的翻譯學講座教授；2011 年他 65 歲從香港中文大學
講座教授職位退休，同年獲選為香港人文學院院士。

　　黃國彬允文允武，喜歡涉水攀山，攀過華夏名山
的高峰；在文學創作、評論、翻譯的山嶺，也攀上了
高峰。他已出版的著作，從 1975 年的《攀月桂的孩
子》到 2015 年的《神話邊境》，詩集有 15 本；從 1979
年的《華山夏水》到 2011 年的《第二頻道》，散文集
有 7 本；從 1976 年的《從菁草到貝葉》到 2007 年的
《莊子的蝴蝶起飛後——文學再定位》，加上 2014 年

的 *Dreaming across Languages and Cultures: A Study of the Literary Translations of the Hong lou meng*（《夢越語言與文化——〈紅樓夢〉文學翻譯研究》）用英文寫成的專著等二種，文學評論及翻譯研究文集有十多本；此外，他有四種翻譯作品集，其中有 2003 年的《神曲》（但丁意大利文原著 *La Divina Commedia* 的漢譯及詳註，全三冊）和 2013 年的《解讀《哈姆雷特》——莎士比亞原著漢譯及詳註》（全二冊）。這裏單說他的散文。

　　黃國彬的詩長篇短制都有，有「繁縟」的，也有「精約」的（此二詞見於《文心雕龍》），其散文也如此：千字文與萬言書以至超萬言書，都出現在他的幾本散文集中。1977 年 6 月 30 日起他和吳彩華在中華大地旅遊 43 天，這次行旅成為 1979 年出版的第一本散文集《華山夏水》的內容；1979 年 1 月和 2 月間共 17 天，兩人的長江和蜀道、峨眉之旅，則成為 1982 年出版的《三峽、蜀道、峨眉》的內容。兩次的行旅者都心情昂揚，行程雄壯。《華山夏水》的序云：「軒轅十萬萬淳樸而勇敢的子孫，在長夜和白晝交替間，必會堅定不移地探索，最後在響徹寰宇的歌聲中走向金色的晨曦，在一場地劫後復原，壯大。」他希望像徐霞客一樣，遊遍心愛

的華夏山河，甚至自言其熱愛華夏山水已到了「瘋狂」的地步。有一次，他們錯過了公共汽車，為了趕時間到蜀道，二人甚至花了 80 多元（是 1970 年代末的 80 多元），包了部 30 多個座位的公共汽車，以求直通速達。

《文心雕龍·詮賦》說：「賦者，鋪也；鋪采攡文，體物寫志也。」意思是：「賦」就是鋪陳；鋪陳辭藻、佈置文采，以描摹事物、抒發情志。《華山夏水》和《三峽、蜀道、峨眉》用的正是賦這種文體的寫法；當然，作者用的基本上是現代漢語的詞彙和語法，雜以文言，包括相當數量的古僻字詞，而成為一種現代的賦。作者以朝聖的心情，敘寫名山大川、歷史文化，文中引經據典，加上豪情壯志，兩書中一篇又一篇的文章，都可稱為大塊文章或者大品散文；其風格是劉勰說的「壯麗」、朗介納斯（Longinus）說的「雄渾」（sublime）、安諾德（Matthew Arnold）說的「氣度恢宏」（grand style）。《毛傳》有「登高能賦，可以為大夫」之說，借用其詞義，我們可說黃氏這類散文，內容豐美、堂廡特大，他誠然為遊記文學中的大夫、大家了。在《華山夏水》和《三峽、蜀道、峨眉》二書中，黃國彬因山水地理而見證歷史、參與文學、想像神話，書中還反映了當前的社會民生。

讀錢鍾書《圍城》中 1930 年代上海到湖南小鎮之旅，小說人物用了二十多天，苦不堪言。1970 年代下半部內地的交通，大有進步；然而，與今天「高空」（航機）、「高速」（公路）、「高鐵」的「三高」（這是筆者自鑄的詞語）相比，昔日低而今天高的落差極大。讀黃氏兩部遊記，我們知道當年交通情況的落後，而可「憶苦思甜」一番。

二、攀峻峰・衝大浪・羨高翔

《三峽、蜀道、峨眉》一書更蘊藏歷險經驗。書中《蜀道》一章，和李白的《蜀道難》文本互涉，從不同角度、不同高度寫從廣元到劍閣的蜀道之險峻，看到奇景時而仰天長嘯，時而志得意滿，當然也有墜下懸崖粉身碎骨的恐懼。其《大雪登峨眉》一大章節，寫作者獨自攀登峨眉山，在雪夜飢寒交迫，不見燈火客棧，生死繫於一線；讀者緊張之餘，具見作者戲劇性的敍事功力。他終於登上海拔 3100 公尺的峨眉山金頂，極為消耗體力的艱難行動得到頂峰級的報酬；此時精神昂揚豪邁，彷彿置身於但丁《神曲》的最高天。攀登華夏的峻嶺高山，「在地」的香港飛鵝嶺、鳳凰山等，當然也不放過；

他與諸友的登高行動，都有美文為記。

　　高攀峨眉山、鳳凰山，還勇探大西洋、太平洋。1977 年黃國彬而立剛過之年，經濟條件卻未立，當時與彩華二人「罄數年的積蓄換來的千多元人民幣」做旅費以遊華山夏水。到了近耳順之年，事業順利、囊有餘金，自稱「水妖」而我稱「水霸」的黃國彬，乃作世界各地的逍遙水遊。近萬言書《浪鯊的聲音》寫在夏威夷檀香山威基基（Waikiki）海灘，所目見、耳聞、身觸的洪濤巨浪，場面驚心，經歷動魄。這位「水霸」嘗試衝浪，與太平洋絕不太平的巨濤搏鬥，險象百般，屢屢失威，差點兒沒命：

　　　　在無限惶駭中，我又嚐到了從未有過的新鮮感和興奮，彷佛在死亡的恐怖和誕生的欣悅間馳行，左耳聆眾鬼輪迴的屬嚎，右耳聽星系誕生的天樂 [……] 剎那間，我魄潰魂散，跌進了畢生未曾經歷過的不測之境，進入了另一度空間、另一個宇宙，自我的身份完全失去，四周混亂一片，意識中沒有前，也沒有後，不知道自己從哪裏來，更不知道下一霎會捲向什麼樣的存在狀態或心理空間。在千分之一秒之中，我在誕生，也

在死亡，然後又在剎那間身歷億萬次輪迴億萬次
災劫。

其散文之磅礴鋪張，此為一例。

　　黃國彬攀登高峰，更羨慕高翔。在散文集《琥珀光》
中，涉及鷹的主要篇章有三：《吐露港的老鷹》《天鷹誌》
及《天鷹展》。《吐露港的老鷹》寫的是天然之鷹，《天
鷹誌》及《天鷹展》寫的是人造之鷹──飛機。作者為
駕馭動詞的八段高手，詞彙極為豐富，把「天」與「人」
的千姿百態雄渾陽剛地描摹出來。《吐露港的老鷹》有這
樣一段：

　　　　老鷹像一隻神鳥向我的凡眸昭示；使我覺得，
　　神創造蒼穹，是為了容納老鷹；讓它有無限的空
　　間去擊雲，逐電，追風，把山嶽、平原、大海在
　　眥邊在瞳內急搖猛曳；或讓小孩在一萬尺之下出
　　神地仰望一顆黑褐的恆星懸在日邊。

此文涉及空間規模之大、老鷹氣魄之不凡、老鷹形象之
雄偉，讓讀者產生莫名的崇敬感。他行文有《莊子》的
恣肆，有其入仄穿幽、飛馳天外的偉力，這裏限於篇
幅，不能細細引述。

三、彩繪文士、「老子」、學子

　　峨眉山攀登、太平洋衝浪、吐露港觀鷹，高攀、高
險、高翔（另一組「三高」）之外，黃國彬也寫凡間人
的溫情。1970─1980年代，在沙田吐露港之濱的大學
校園，老鷹陽剛盤旋，而諸友斯文譚藝。梁錫華有文章
《沙田出文學》，寫宋淇（林以亮）、蔡濯堂（思果）、
余光中、梁錫華、黃國彬、黃維樑等校園學者作家的交
往，並及其文學成就，余、梁及雙黃更自己戲稱為「沙
田四人幫」。鍾嶸說「嘉會寄詩以親，離群托詩以怨」，
此情古今莫不如此。《琥珀光》中的《明日隔山海，世事
兩茫茫──送別余光中》寫的就是「離群」時回憶起的
「嘉會」。這篇萬言書，記述余氏在香港中文大學期間
的生活，包括與文友的交往，神貌活現，性情彰顯，有
《世說新語》般的俊言妙語，有鮑思維（James Boswell）
的《約翰孫博士傳》（*The Life of Samuel Johnson, LL.D.*）
那類軼事趣聞，生動傳真。本文兼及對詩文創作和翻譯
的見解，是一篇即之而溫的雋妙散文，也是一篇彌足珍
貴的作家史傳。黃國彬還先後撰寫長文，用工筆「彩描」
了思果和梁錫華的風貌，記述二人頗富傳奇色彩的生活

方式，稱頌其文學寫作，當然也是生趣盎然之篇。

　　黃國彬寫的當代文學名家，篇章數目不算多。他另有大塊文章《老子獨秀》羅列李姓名人，卻不是為了提高自己身份（所謂 name-dropping），而是以黃姓子弟的謙遜身份，大揚大長李家的威風。自古以來，姓李的俊彥、傑士、偉人陣容龐大，文中枚舉了數十百個姓李的人士。不說老祖宗李耳，光是唐朝的傑出詩人就有李太白、李長吉、李義山，香港的知名人士就有（這裏也只舉三位）李嘉誠、李兆基、李麗珊。李氏「名人大殿」（hall of fame）中，李嘉誠佔了最大的篇幅；作者以至很多其他香港人，衣食住行都靠李氏商業集團的供應，真是「李網恢恢」。《老子獨秀》一仍其行文輕鬆幽默、東徵西引的色彩；其獨特之處，是他歷史、文化、社會觸角非常敏銳，以至讓他發現這李家獨秀。

　　他也寫大學生，以及大學生活。寫《莎厘娜》時 38 歲，此文是香港大學讀書生活的憶述。大學生的蒙昧混沌和狡黠聰明，他用健筆加以描摹；當前的流行歌曲和遠古的希臘神話，他用彩筆加以聯結；當年充滿甜美昂揚的青春情調，寫作時有哀愁無奈的氛圍。1980 年代，我在沙田的大學校園，曾讓學生閱讀本文，頗得莘莘學

子欣賞。《莎厘娜》的語言，白話（現代漢語）為主，略帶文言，偶兼俚俗詞彙，引經據典時英文語詞頗多，有語言多元的特色。1960—70 年代在香港大學求學的人如閱讀本文，我相信一定是一種懷舊式的「悅讀」，最能體會其三昧。

四、「炫耀性」語言嘉年華

　　黃國彬精通中英文之外，還通曉法文、意大利文、德文、西班牙文、拉丁文和希臘文。其作品的語言多元特色，得力於他豐厚的語言修養。他盡情發揮語言資源的作品很多，《伏在你肩上的女子》《縮腳歲月》等都是佳例，後者尤其顯著。前者描寫東方之珠香港的海景，華麗辭藻與粵語俚語如「大笪地」等混雜；談海景前先講河景，史特勞斯樂曲歌詞的德文 An der schoen blauen Donau 於是出現。本文的題目定為《伏在你肩上的女子》，出自披頭四名曲 "Hey Jude" 的一句 The movement you need is on your shoulder，於是英文詞彙和句子成為本文的有機組成部分。《縮腳歲月》以作者「老香港」的親身經驗和敏銳觀察，指出香港茶餐廳的三大特色：港

式奶茶、茶餐廳阿嬸和港式相聲。港式相聲的俚俗以
至粗鄙之言（如「XXXX，我都唔知點X解，就系咁
X黑囉！」），和《詩經》的《大雅》、《舊約聖經》的
《民數記》，以至愛爾蘭詩人葉慈《茵尼絲翡麗湖心島》
（"The Lake Isle of Innisfree"）在黃國彬作品的語言共和
國裏平起平坐；為了頌讚奶茶之香，法語 la crème de la
crème（精英中的精英）也成為了「香客」。

　　他這種語言多元化風格，把余光中「白以為常，文
以應變，俚以見真，西以求新」的四元素文體發揮至自
己獨有的高峰，是他特有的「四合語文體」，是一種「語
言交響」、一種「語言嘉年華」。由於他的文言與西語
份量頗大，引經據典之處甚多，論者或會嫌其炫耀。經
濟學者有「炫耀性消費」（conspicious consumption）的概
念，我們或可稱黃國彬的四合語散文為「炫耀性書寫」
（conspicious composition）。他這類散文是要讀者佩服多於
感動的。作者積學儲寶，發揮才華，而成《文心雕龍‧
風骨》所稱譽的「藻耀而高翔」風格；喜歡這類作品的
讀者，閱讀時欣賞到銜華佩實、引經據典、文采飛揚的
什錦、合璧式散文，又能增加種種知識，則實際生活沒
有「炫耀性消費」，而是簞食瓢飲，也不應減其樂。

　　黃國彬的散文，顯示「天地玄黃，宇宙洪荒」的大度，抒情、寫景、敍事、議論俱備；他「彩描」各地名勝、中外人物，他暢議時事、闊論文化，內容出入古今，文筆充實剛健，好評者眾，思果、徐志嘯、曹惠民、喻大翔、何龍、鄭振偉、陳忠源、鄭禎玉等曾分別為文稱許，梁錫華更有「散文氣力充實、筆法明快、篇篇可誦」的讚美。某些篇什中出現「瑋字」（僻字），頗惹人注目；用僻字是賦體文章固有的特色，也可說是語言資源豐富的表現。

二〇一五年

杜甫在香港

洋人也來遊覽「豆腐」草堂

　　有「詩史」「詩聖」之稱的杜甫，一生去過很多地方，其一是成都，那裏有草堂。杜甫在草堂住過四五年，這杜工部之屋，千多年來有過多次修葺和擴建工程；現在的草堂規模宏大，為國家 4A 級旅遊景區，是我們瞻仰偉大詩人的聖地，我曾多次造訪。人潮中，各地的炎黃子孫濟濟一「堂」自不必說；每次都有「紅鬚綠眼」的外國遊客，手執厚重的導遊書，來向 Du Fu 致意，指認景區的樓閣園林。有一次一洋人和我搭訕，把杜甫二字讀成「豆腐」那樣的音，令我莞爾。西方學術界對中國詩聖向來有興趣，雖然其濃度遠比不上中國之對英國「國寶」莎士比亞。今年春天英國廣播公司推出紀錄片《杜甫：最偉大的中國詩人》，頗獲好評，編導講述詩人的生平，鏡頭自然有聚焦於成都，還把觀眾

帶到杜甫去過的其他地方，計有西安、鞏義、曲阜、洛陽、天水、夔州、長沙、平江等。

杜甫自幼聰慧，「七齡思即壯，開口詠鳳凰」，鞏義是其出生地；「致君堯舜上，再使風俗淳」，書生渴望入仕，首都長安（今西安）是其理想地；在洛陽與李白「雙星」相遇，傳為美談；草堂對避亂的中年詩人來說，有如桃源，成都成為他平安幸福之都；「老病有孤舟」，此舟停泊的平江是其生命的終點站。「詩是吾家事」，杜甫時時處處都寫詩（幾乎像當今喜歡發動態到微信朋友圈的人，天天有圖有文發放）；追尋杜甫踏足的土地，是一種詩歌的歷史文化之旅，地就是詩，詩就是地。上述其他地方都有杜甫留下來的或實或虛的「古跡」，皆受青睞，往往被視為旅遊資源開發的寶地；最近網上出現圖詩並茂的《跟着杜甫遊天水》資訊，天水（古之秦州）馬上引起雅士們「打卡」的興趣。

李白詩贈杜甫只言「酒」和「醉」

據說杭州也是杜甫旅居之地。今年春末在杭州會友，吃飯的地方在「杜甫村」，村內有地鐵「杜甫站」，

文獻稱杜甫在此地住過大約十天。杭州是歷史文化名城，杜甫來過。把盞談笑間，我豪邁放言：香港也有歷史文化，杜甫也來過香港，而且長在香港——意思是杜甫的詩歌藝術和仁愛思想早就來到香港，存在於香港。

即使在英國統治時期，香港大部分青年學生對草堂詩人杜甫的認識，我印象中，還是多於對愛芬（Avon）河邊的莎士比亞。香港的大學中文系講授杜甫詩、研究杜甫詩，相關的著述頗可觀。學長輩舊同事鄺健行兄，曾在希臘深造八年，獲博士學位，而中國古典文學修養精湛。他探討李白杜甫互贈的詩歌數量為何多寡懸殊，就很見情理。流傳下來的作品中，杜甫懷贈李白的詩有十四、五首，李白懷贈杜甫的詩只得兩首。我讀了鄺氏書後重溫有關詩篇，發現杜子美讚美李太白的詩，有「白也詩無敵，飄然思不群」「筆落驚風雨，詩成泣鬼神」等名句；太白懷念子美，也見「思君若汶水，浩蕩寄南征」的深情，然而太白二詩的關鍵字都是「酒」和「醉」，「詩」不與焉。

為什麼李白不涉及杜甫的詩，鄺教授有解說。李白比杜甫大十一歲，杜甫三十三歲時與李白在洛陽相遇，當時李白的詩名滿天下，而杜甫在政壇和詩壇都沒有

籍籍名。杜甫兩年後到長安，雖然長安居大不易且大不順，他一住十年，在資訊便利的國際大都會，李白的新作容易流通到京華，讓知音杜甫欣賞到。反過來，李白失意於朝廷，離開長安後這裏蹉跎那裏流轉，所在地多非名城大邑，杜甫的詩不容易流通到李白處。鄺健行還指出，比李白年長十二歲的孟浩然，詩名甚顯，王維、李白等都有詩懷贈孟浩然，但其「詩作都不曾對孟浩然的作品有所論評」。這樣看來，寫詩友而不談其詩，可能是當時的風氣。我或可補充一說：杜甫不僅愛詩，還愛音樂、繪畫、舞蹈等各種藝術，而且樂道人善；他懷贈李白的詩，有「創意」地稱讚「詩兄」作品就不奇怪了。

鄺氏的《杜甫論議匯稿》一書，精到之見很多，如論杜甫光憑安史之亂以前所寫篇章，就可以「站在唐代第一流詩人之列」等，這裏不能多引。

「四杜」說：聞杜、慕杜、治杜、友杜

香港頗有學者為學既重「提高」，也不忘「普及」。原任香港大學中文系教授的陳耀南博士，在諸多學術專

著之外，其《陳耀南讀杜詩》一書，在精要解說作品之際，常引申發表議論，其文筆與其口才一樣生動風趣；此書自有其學術論著的價值，而貢獻主要在「普及」。「李杜文章在，光焰萬丈長」，陳教授當然也對杜甫推崇備至，認為人人都要讀杜甫。他說：「對於詩聖，最好是：幼年聞杜、青年慕杜、壯年治杜、晚年友杜。」接下來他對如何聞、慕、治、友加以解釋，又說我們讀杜詩，其「所以應讀、堪讀與耐讀，因為在藝術上，它表現了中國語文最吸引的特色與技巧；在情感、思想上，它顯露了人性的光輝，也透示了人力的軟弱」。

耀南兄縷述杜甫「對朋友、對眾生、對國運、對民命」的深情，也剖示杜甫的好語言。宋代王安石論及杜甫和白居易的語言，陳耀南引述其語，並雅緻地插科打諢：「正如王安石的名言『世間俗言語，已被樂天道盡』（可惜他沒看過香港八卦雜誌），而『世間好言語，已被老杜道盡』。」當代中華學術界，西化者眾多，常常喜歡研究作家和作品如何被「接受」（有所謂 reception theory）。我們知道，「接受」之前，先要有「傳播」。陳教授對千年前杜詩的傳播不大了了，他寫道：杜甫「流落江湖，浮家泛宅在一條破船，又不如今天的艇戶可以

拉拉布條示威；連豆腐也三餐不繼，真不知他當年寫了
那麼多詩，怎樣保存，怎樣分發！」陳文「接地氣」，
這裏說的艇戶指香港的「水上人家」，「豆腐」則與杜甫
諧音，上文曾提及。

老病窮愁的子美：臨終關懷

很多唐詩讀者大概都回答不了「保存」和「分發」
的問題。我不行，相信另一位尊崇杜甫的詩人余光中也
不行。不過，杜甫自珍其作品，余氏對此深信不疑。余
光中 1974 年從台灣轉到香港中文大學任教授，在台灣
他教的是英國文學，到香港教的是中國文學。他有深厚
的中國古典文學根底，台灣時期已發表過多篇文章論述
唐詩，包括論李賀的長文。當了中文系教授，他接觸古
代詩文更多，在創作中常歌詠古代文人；1979 年寫的
《湘逝》，副題是「杜甫歿前舟中獨白」，並有「附記」
一千多字，對杜甫之死加以考證論斷。

余光中根據杜詩「無一字無來歷」地寫道：晚年杜
甫「出峽兩載落魄的浪遊」，腦中是「秦中的哭聲」「傾
洪濤不熄遍地的兵燹」，是「病倒」是「驚潰」是「惡

夢」；腦中還有而且更多的是古今的屈原、賈誼、李白、高適、岑參、嚴武，是「李龜年的舊歌」「李娘健舞」「公孫的舞袖」以及「南薰殿上毫端出神駿」的將軍曹霸——杜甫腦袋裏裝滿了他敬佩的詩人、畫家、音樂家、舞蹈家。馮至的《十四行集》裏有一首《杜甫》，此詩中杜甫的形象並不鮮明凸出。余光中不同，《湘逝》處處可見主角的生平事蹟，杜甫病懨懨，形象卻是活生生。余氏曾戲稱杜子美的洋名可作 Jimmy（可能香港的大中學生也這樣開過杜甫的玩笑），《湘逝》卻是情思沉鬱的。

　　比較馮、余對杜甫的書寫，還有話可說。馮至 1962年寫《晚年杜甫》，記述詩人在潭州（今長沙）與農夫和漁夫的交往。他同情民間疾苦，為其請命。他們互相幫助，杜甫賣藥，漁夫賣魚，真是相濡以沫。杜甫在此地遇到詩的知音，馮至只簡要敘述。余氏《湘逝》的記敘重心大異於馮文。赴潭州之前，杜甫有「百年歌自苦，未見有知音」的慨歎，《湘逝》大書老詩人對詩歌及其傳後的關懷，這八十多行長詩的最後五行是「漢水已無份，此生恐難見黃河／惟有詩句，縱經胡馬的亂蹄／乘風，乘浪，乘絡繹歸客的背囊／有一天，會抵達西北的那片雨雲下／夢裏少年的長安」。「詩是吾家事」，也

可説「詩是余家事」，古今兩位詩人都極為關心「自珍」作品的傳後。寫《湘逝》時，余光中在台灣、香港和海外華人文學界已享大名，其詩會傳到大陸嗎？《湘逝》中杜甫的願望，也是現實中余光中的願望——後來憑着《鄉愁》一詩，願望成為了事實。

「光焰萬丈」照香江

以上舉隅式略説杜甫在香港如何被「接受」。在香港，儘管因為時代社會和接受者的主觀態度，「接受」的方式和重心與內地難免有異；然而，「光焰萬丈」所披，同種同文的同胞，同樣尊崇和讚譽「詩史」「詩聖」。杜甫的精神和詩歌一直在香港，也一直在隔着「一灣淺淺海峽」的台灣。寶島的詩人學者如何尊「聖」、研「史」，那是另一個話題了。

二〇二〇年十一月初

香港的黃河詠歎調

保衞家鄉·保衞黃河

「風在吼，馬在叫；黃河在咆哮，黃河在咆哮……」
響亮的歌曲，我第一次聽到，大概是在大學時代。哪一
年，哪個場合，記不清了。讀的是香港中文大學新亞書
院，中國歷史文化意識在三個成員書院中（其他兩個是
崇基、聯合）最為濃郁的。「風在吼，馬在叫」的歌聲，
在播音器中雄壯溢出來，應該是在紀念七七抗戰集會的
時候，在某些涉及中國現代史的集會的時候。

紀念七七抗戰的年度集會，香港經常舉行。當年日
本的「文部省」竄改教科書，把侵略中國說成是對中國
的「進出」，惹起多個地域中國人的聲討，香港曾有不
同形式的抗議活動。有一次，多個文化教育團體在維多
利亞公園舉行大會；我讀報，知道當日香港大學的陳耀
南教授在會上發言，對眾多時髦青年迷戀日本流行文藝

而無知中國現代歷史，十分難過，痛稱「東條英機的魅影未去，西城秀樹的歌聲已來」（大意如此）。我想在此次集會，「黃河在咆哮」的強音，一定伴着陳耀南的憤慨陳詞。

「黃河在咆哮／萬山叢中抗日英雄真不少／青紗帳裏遊擊健兒逞英豪／端起了土槍洋槍／揮動着大刀長矛／保衛家鄉，保衛黃河，保衛華北，保衛全中國」的歌詞，出自《黃河大合唱》中的《保衛黃河》一節。《黃河大合唱》正是為抗戰而創作的，冼星海作曲、光未然作詞，成於 1939 年。作詞的光未然，在一次東渡黃河的所見所聞，激發了他的創作靈感。黃河是中國的母親河，保衛黃河也就是保衛中國人的母親。香港曾經受英國的殖民統治，向來崇英崇洋的黃皮白心人固然不少，更多的是黃而不白的中國人。黃河，長久以來在香港的文藝作品中出現，是詠歎的對象。

探黃河・拍黃河

國家的「改革開放」政策 1978 年 12 月才開始實行，黃國彬在 1977 年夏天，時年 31 歲，就從香港出

發，不避關卡重重、手續種種，「闖」入神州，圓他少年
以來十多年的夢想，親自用「雙瞳吸飲」華山夏水的瑰
麗與偉大。遊覽時他儘量記錄每個經歷和印象，回到香
港後，以靈巧高華的健筆，寫成了 22 萬字的遊記《華
山夏水》，在 1980 年出版發行。此書詳述黃國彬與女友
北征上海，遊覽杭州；然後直撲北京，摸撫萬里長城的
雉堞；進而乘坐火車在東北大平原上奔馳；再南下登泰
山，遊太湖，溯長江，探黃河，最後徜徉於風景甲天下
的桂林。他用 43 天完成了近三萬里的華夏壯遊。黃著
出版後，我撰文高度評價這部「朝聖中國山川的歷程」。
《華山夏水》的書寫方式接近漢賦，有鋪張揚厲之風，徵
引文獻，記其遊歷，抒其情懷。書中的《黃河》一節有
這樣的句子：「黃河幾萬年雄壯的咆哮裏，也有一個民族
的悲歌。」

　　1982 年，香港攝影家水禾田在黃河上下游拍攝風
景，翌年在香港藝術中心舉行黃河攝影展覽，展出照片
約六十幀。時任香港中文大學教授的余光中，參觀了展
覽，認為「觀之壯人心目，動人遐想」；他細覽照片，
並「參閱黃國彬的遊記《華山夏水》」，於 5 月寫成《黃
河》一詩。1986 年北京的水利電力出版社推出《黃河：

水禾田攝影集》，相信 1982 年展出的的照片，應包括在此集之內。《黃河》收於余著詩集《紫荊賦》（台北：洪範書店，1986）。

「那滔滔的浪濤是最甘，也最苦」

《黃河》長 67 行，接近五首十四行詩（sonnet）的長度，不分節段，一氣呵成，象徵黃河的雄長氣勢。黃河是中國的母親河，母親的乳汁甘甜；黃河流淌着中國的歷史，歷史中有苦難。此詩開頭是：「我是在下游飲長江的孩子／黃河的奶水沒吮過一滴／慣飲的嘴脣都說那母乳／那滔滔的浪濤是最甘，也最苦」。這四行為此詩定調，而定的調偏於悲苦，偏於歎息，詩中有一個又一個的疑問。

余光中少年時打好了中國古典文學的基礎，大學時讀外文系，後來在外文系教書。在香港中文大學則是中文系教授（時維 1974 — 1985），期間新讀或重溫古代典籍，寫起詩文來古典題材經常出現。其詠李白、杜甫、蘇軾諸篇，譽之者眾。《尋李白》的「酒入豪腸，七分釀成了月光／餘下的三分嘯成劍氣／繡口一吐就半個盛唐」

幾句，常被引用，已成為現代經典。其《湘逝》寫杜甫，
其《唐馬》貫通中國古今歷史，學養豐厚，書香飄逸。
《黃河》有詩人本身的文化積澱，加上對黃國彬遊記《黃
河》一節地理歷史資料的引用，熔之裁之（《文心雕龍》
有《熔裁》篇），經之營之，此詩可說是一篇小型的抒情
性史詩（petit lyrical epic）——我自鑄的「偉辭」。

　　黃河發源於高原，流經北方的平原，在此「一代
又一代，餵養我辛苦的祖先／和祖先的遠祖，商，周，
秦，漢」。大禹治理黃河的傳說，連小學生都知道，是
的，余光中問：「大禹馴得了你嗎？」黃河雄偉而桀驁，
「一過虎口和龍門／就由你作主了，矯健的腰身／低低的
泥岸怎怎攬你得住？」黃河這個母親非常嚴厲，哺育兒
女，更考驗兒女。古書記夏禹「導河積石，至於龍門」；
這裏的龍門有其地，虎口呢？余光中運用其詩人特權（英
語所謂 poet's license），故意把「壺口」寫成「虎口」，讓
它和「龍門」對仗。本詩的後記對此「特權」有所說明。

　　壺口瀑布勢大聲宏，是黃河最具標誌性的景象；水
禾田的鏡頭必有拍攝，詩人自然不能錯過。把壺口寫成
虎口，好啊，急奔暴瀉的黃河水，其兇猛真如虎口。嚴
厲的母親，試煉她幾千年來的兒女，勞其筋骨，苦其心

志：「二十六次的改道，一千多遍的泛濫／沒頂的遊魂恨髮飄飄」。雖然如此，黃河仍是交通大動脈，「岸上的怨婦，波上的征夫／絡繹待渡的賈客，遷客，和俠客」都要靠她。她見證歷史上的人物和故事：「刺客南來，宮人北去」，即「那帶劍的燕客，抱琵琶的漢姬」。這自然講的是「風蕭蕭兮易水寒」的荊軻（戰國時期易水是黃河的支流），和渡過黃河到匈奴和親的王昭君。昭君《怨詞》就有「高山峨峨，河水泱泱」的句子。

黃河船夫滿臉的皺紋

黃河「見證古來的天災，人禍」，到了余光中觀展覽的此刻，「只剩下照片裏」──

> 這船夫彎腰獨搖着單槳
> 空艙對着更空的穹蒼
> 一綑柴木斜靠在船舷
> 自從有河就有這樣的河漢
> 不知道河水從天上奔來還是從青海
> 只知道他生來與黃河同在
> 河到那裏人就到那裏

　　　　水災又旱災劃滿臉的皺紋

　　　　一道道，匯入了深邃的眼睛

　　　　風乾的臉色襯着龜裂的土色

這就是本詩的關鍵「特寫鏡頭」了，一定是根據當日水
禾田攝影展的照片，用文字描摹出來的人像。《黃河：水禾
田攝影集》一書，就有這樣的「河漢」特寫照片：「水災又
旱災滿臉的皺紋／一道道，匯入了深邃的眼睛／風乾的臉
色襯着龜裂的土色」。「河漢」的樣貌，讓我們聯想到臧克
家《運河》一詩所寫「我看見舟子的臉上老撥不開愁容」，
以及俄羅斯列賓繪畫《伏爾加河上的縴夫》的勞苦。

今日黃河新貌當促成「甘旅」續篇

　　黃國彬《黃河》那一節寫道：「五千四百六十四
公里的黃河從天上流來，奔過青海、四川、甘肅、寧
夏、內蒙古、山西、陝西、河南、山東，灌溉七十五
萬二千四百平方公里的大地……在連綿入天的莊稼地
上，他們（農民）種植棉花、小麥……，有播種的期
望，灌溉時的辛勞，也有收穫時的喜悅……倦了，他
們就躺下任大地洪載，然後在河套潺潺的水聲中安詳地

入睡。」黃河帶來洪災苦難，這條母親河，也讓子民得到豐足幸福。

　　黃河遠上白雲間；對香港人來説，是二三千公里之外的白雲間，遠不可覓的白雲間。但對香港的中國讀書人來説，黃河卻是近在心裏，且「常在我心間」，並希望和她親近。2001 年春余光中有山東之旅，後有文為記。其《黃河一掬》寫他一行人從山東大學校園出發到黃河邊，親近黃河，把手伸進黃河之水，「我的熱血觸到了黃河的體溫，涼涼地，令人興奮」。他終於探到了「李白的樂府裏日夜流來」的黃河水，他「拜過了黃河」——在他的詩如《當我死時》如《民歌》「高呼低喚……不知多少遍」的黃河。

　　當日他的鞋底粘着濕泥，返回校園後卻不拭掉。直到飛抵台灣家裏，「我才把乾土刮盡，珍藏在一隻名片盒裏。從此每到深夜，書房裏就傳出隱隱的水聲」。《黃河一掬》是他山東遊記四章中的一章，全篇名為《山東甘旅》。余光中在此探到了母親河甘甜的乳汁。

　　1977 年黃國彬涉足華山夏水時，1982 年水禾田拍攝黃河時，1983 年余光中詠寫黃河時，所見的黃河，基本上依稀仍是古老的樣貌。1992 年之後，「鄉愁詩人」

有多次神州之旅；親眼見親耳聞之外，他讀書刊報紙
（中國的事物他無時不縈迴於懷，1960 年代他旅居美國
時，就說自己常常向《紐約時報》的油墨狂嗅古中國的
芬芳），知道黃河及其流域的面貌，以至整個神州的面
貌，日新又新，日美又美；如再寫遊記，應該是「甘旅」
的美麗續篇。

附記

　　黃國彬博士曾任教於加拿大、香港的多個大學，包
括曾任香港中文大學翻譯系的講座教授。著譯數十種，
包括詩集、散文集、評論集、《神曲》中譯等。水禾
田（本名潘景榮）1985 年獲「香港十大傑出青年獎」；
2006 年拍攝中國部分地區聯合國世界文化遺產；其作品
被美國波士頓 MIT 美術館及澳門賈梅士美術館收藏。流
沙河《詩人余光中的香港時期》一文，析論余氏此時期
的 190 首詩，謂其中的《黃河》和《唐馬》諸篇皆為傑
作。余詩《黃河》收入教科書《語文人教版七年級下冊》。

二〇二三年

「可口可樂」和「太息不樂」

——談「依音創意」的妙譯

從 Omicron「歐美窮」說起

　　2022 年曾和香港的文友聊天，知道在歐美肆虐多時的 Omicron 病毒，香港有人翻譯為「歐美窮」（內地一般翻譯為「奧密克戎」）。香港人多操粵語，粵音「窮」與英語 con 的發音極為接近。「歐美窮」這近乎惡搞的譯名，「窮」什麼，應該是窮於應付這波 Omicron 疫情吧！對我們不喜愛、不想要的人事物，翻譯時可以惡搞；商品的譯名則不能，而要善頌。香港人每逢喜慶宴會，喜歡以一種名為「百事吉」的白蘭地酒奉客，好意頭嘛。這個牌子的酒，原名是 Bisquit，與「百事吉」在意義上毫無關聯；當年翻譯者的創意如杯中美酒滿溢，賜予嘉名。這嘉名令人聯想到傳說中蔣彝把 Coca Cola 翻譯為「可口可樂」，它在商業翻譯史上遙領風騷，其崇高地位

無他譯可及。

　　我把「歐美窮」「百事吉」「可口可樂」這類翻譯，稱為「依音創意的妙譯」。翻譯者依照原文讀音，創造一個語詞；它的讀音與原文讀音相同或相近，其意義則為譯者的主觀思維服務，務求表達譯者所欲表達的情理或趣味。這樣的翻譯，可雅可俗，可惡搞，可善頌，力求巧妙有趣。商業的這類妙譯售名，例子極多；香港的翻譯者，向來有優秀的甚至可說是經典式的表現。

　　香水的一個品牌 Revlon 香港翻譯做「露華濃」，其美名使我們想起二李的詩篇：李商隱詩歌意象的穠麗；李白的名句「春風拂檻露華濃」。千多年前如果已經有「露華濃」系列的香水和化妝品，它們一定會成為御用之寶——唐明皇必會送給楊貴妃專用。「露華濃」這個妙譯詩意馥郁，香飄海峽兩岸，台灣和內地都先後為其濃香所襲。另一香水品牌 Chanel，香港翻譯為「仙奴」的，音近而意奇，但其香氣飄不過鯉魚門；北上廣深既不「仙」也不「奴」，而嘉其名為「香奈兒」。這譯名的「奈」字有奈何、如何之意；誠然情思雅逸，耐人尋味，也是個音近意妙的佳譯。

　　說回「仙奴」。這是人人平等的時代，怎能當人奴

隸？但仙人卻都是俊男美女，當仙人的奴隸，浪漫啊，有仙氣啊，說不定沾了仙氣可長生不死呢！香港有街名「麥當奴道」（MacDonnell Road），曾經把名播全球的速食店 McDonald's 翻譯為「麥當奴」，曾經把美國總統 Ronald Reagan 翻譯為「朗奴・列根」。以上這些「奴」，都是殖民統治時代的產物。當時的奴顏婢意隱隱潛在某些港人的心裏？當然，論者可以辯解：McDonald、Ronald 等詞末音節的首字母是 n 而不是 l，因此譯名用「奴」而不用「勞」。

Firenze「翡冷翠」：不冷也不翡翠

在各種性質各種文類的翻譯盛宴上，這種巧妙翻譯有如開胃小吃，或餐末甜品。商業的依音創意翻譯藝術，為求名字嘉好以吸引消費者，譯者乃「為現實而藝術」；非商業的、文人雅士的這類翻譯，則可稱「為藝術而藝術」。

中華文人雅士的依音創意翻譯，不知道開始於哪個朝代；可能在與外國有接觸之時，有「舌人」「譯官」之時就有了。姑且從 20 世紀初年說起。胡適留學美國，

就讀的康奈爾大學位於山水佳勝、風光綺麗的 Ithaca
城；他把這地名翻譯為「綺色佳」，音近而意美。翩翩
儒雅的胡適風流多情，在康奈爾大學讀書時有女友韋蓮
絲（Edith Williams），研究胡適者謂他們的情絲維持了
五十年不斷。美麗的「綺色佳」之譯，不知道有沒有從
「佳人」得到靈感。

　　與胡適同有留美經驗的詩人徐志摩，旅遊意大利的
Firenze（英語是 Florence, 漢語一般翻譯為佛羅倫斯），驚
豔了，把這地名翻譯為「翡冷翠」；是冷冰冰的美豔，害
得後來余光中懟起前代同行：在高處俯視 Firenze 城，屋
頂都是橘紅色，既不翡翠，更不冷。

　　又一位留美的冰心，在波士頓近郊一學院唸書，病
了，住院，寂寞裏有窗外風吹波動的湖水為伴，稍感安
慰。她把這個 Lake Waban 翻譯為「慰冰湖」，還這樣解
釋：湖水在「夕陽下極其豔冶，極其柔媚。將落的金光，
到了樹梢，散在湖面。我 [⋯] 低低的囑咐它，帶我的愛
和慰安，一同和它到遠東去。」這也是個佳譯：「離散」
（diaspora）在外的遊子，找到了慰藉。著有《五四運動
史》的周策縱，在美國威斯康辛州的 Madison 城當教授，
把地名翻譯為「陌地生」，麻煩來了：編輯讀到周教授

的文稿，以為「陌地生」是筆誤，乃改為「陌生地」。不應改的，它是另一個有「離散」情懷的依音創意翻譯：周策縱自況為一個陌生地方的書生。

Eliot：「愛利惡德」？「歐立德」？

「為藝術而藝術」的依音創意翻譯，譯者都是書生，一般都是懂外文的，如錢鍾書就雅好此道。今年適逢艾略特（T.S. Eliot）的名詩《荒原》（"The Waste Land"）發表 100 周年紀念，其人其詩，必然引起一陣討論的熱潮。錢鍾書顯然對艾略特的評價不高，他在一篇散文裏，把這位英美大詩人的尊名翻譯為「愛利惡德」，而非一般的「艾略特」。二十世紀七八十年代的台灣大學教授顏元叔，當年如果知道錢鍾書這個惡搞式翻譯，一定給氣死。顏教授推崇 Eliot 及新批評學派，把此派始祖之一的 Eliot 翻譯為「歐立德」：此人在歐洲立了德。立功、立言之上是立德，他有多偉大的貢獻！今年將有人為「愛利惡德」的 Eliot 討個公道？

錢鍾書惡搞了艾略特，對自己和眾多讀書人，則卑微地自稱為蠹蟲，即蛀書蟲：他把牛津大學的鎮校名館

Bodleian Library 翻譯為「飽蠹樓」，是依音創意的又一勝利。當年他這隻蠹蟲在館中把自己餵得飽飽的，那許多冊的筆記是他饕餮各種典籍的證據。另一個雅譯是「醽醁雅」。古代波斯才士莪默·伽亞謨（Omar Kahhyam）著有詩集 *Rubaiyat*，經英國費慈吉拉德（Edward Fitzgerald）的英譯，傳誦不朽。郭沫若等據英譯本轉譯為中文，書名都作《魯拜集》。錢鍾書創意獨具，而作《醽醁雅》。醁即是酒，這個字不算深奧；醽也是酒，指味醇厚的酒。錢鍾書翻譯書名時，很可能想起詩集中非常有名的第十二首。郭沫若是這樣翻譯的：

> 樹蔭下放着一卷詩章，
> 一瓶葡萄美酒，一點乾糧，
> 有你在這荒原中傍我歡歌，
> 荒原呀，啊，便是天堂！

錢鍾書研究稱為「錢學」，已有諸多論著涉及其人其文的方方面面，不知道有人就「錢鍾書與酒」寫過文章否，其詩出現「酒」字並非罕見。此外，在錢先生寄給我的書信中，1982 年（恰好是四十年前）1 月的一封，其結尾曰：「重閱 Herodotus[⋯] 一過，醺醺乎有味。老夫

無羊羔美酒，賴此消寒耳。一笑。」「醲醅雅」翻譯得優雅，其中灌注了文豪的閱讀與人生的若干情懷。

余光中和錢鍾書「依音創意」都有妙譯

詩人余光中尊崇錢鍾書，曾先後讀過《圍城》多至十遍。這位「錢迷」也迷上了依音創意的雅妙翻譯。他遊歷遍及各洲各國。在美國，詩友夏菁在 Fort Collins 工作，探訪老友時有文為記，把地名翻譯為「可臨視堡」；意謂夏菁居於此，可觀察該領域以利其業務。女兒佩珊在密西根州的 East Lansing 大學深造，慈父把地名翻譯成婉約的「東蘭馨」。在美國駕車越州過城旅行，晚上投宿於汽車旅店 motel；他玩起文字魔術，把英文變成中文的「暮投臥」，譯名正道出這種汽車旅店「供旅人一宿」的市場定位。

歐洲的歷史文化比美國深厚，余光中在歐洲旅遊，地名、人名、事事物物，是英文、德文、法文、意大利文，眼睛一接觸，就口中唸唸有詞，心中默默有譯。曾為法國國王行宮的 Chenonceau，藏著有如《甄嬛傳》那樣的宮廷豔事和鬥爭；余光中來此一遊，不忘為它留下一

個美濃的妙譯「雪濃莎」。到了另一個法國小鎮，名叫 Chisseau 的，詩人口動心應，把它譯為「夕宿」，因為到了又要投宿的時候了。在德國，Bodensee 湖光瀲灩，依音創意的雅興又來了：「波定湖」（德語 see 是湖的意思）。詩人敬重蘇東坡，我相信這個翻譯應有遠年前輩坡公《定風波》一詞的嘉意啟發。雨停風靜，水波不興，是蘇東坡人生之所望，也是余光中旅人之所禱。英國遊的名勝有 Stonehenge，此詞一般翻譯為「巨石陣」，也有半解釋半翻譯為「斯通亨奇環狀列石」的。余光中不人云亦云，據其語文修養發功，音意融洽地來個小小的石破天驚：「石凍恆寂」。是的，這些凝凍的巨大石頭，已恆久寂寂無聞了四五千年。

這類妙譯為漢語獨尊

余光中恆常醉心於這種翻譯，依音創意成為他的一種 hobby（嗜好）──他把此詞翻譯為「好癖」。余光中不好酒，只是偶然淺嚐一點白蘭地之類。有酒助興，「譯」興遄飛，飛向神話；於是飛馬 Pegasus 成為「倍加速駛」，風神 Zepher 成為「若飛」，大力士 Hercules 成為

「赫九力士」——赫赫之士如在中國能力扛九鼎？創譯的興趣濃厚，就像他寫詩什麼題材都囊括。

再舉一例：十五六世紀意大利的 Machiavelli 有名著《君子論》，主張以權術理政謀利，作者名字一般翻譯為「馬基亞維利」；余光中音義雙贏，把馬氏學説 Machiavellism 翻譯為「馬家唯利主義」。「唯利」一詞用得妙。Machiavelli 裏的 chi 音，讀如英文的 ki 音，普通話無此音，客家話倒是有的。一般翻譯「馬基亞維利」裏的「基亞」音，余光中將之合併為「家」音 ，也可説是一種權謀妥協的翻譯藝術了。

余光中的種種依音創意妙譯，表現其語言藝術，有意或無意間透露心思情緒，其尤佳者是翻譯的「迷你」售品。余譯的種種，可輯綴梳理成為一長篇論文，這裏就此打住。順便一説，我這裏自立名目的「依音創意」翻譯，現代西方諸翻譯理論名家如卡福德（J.C. Catford）、奈達（Eugene Nida）等似全無觸及；此無他，這種翻譯的「譯入語」是漢語，是單音單義的方塊字，其靈活組合之妙，在世界各種語言中唯我獨尊。中國古人論教育，有「志於道、據於德、依於仁、遊於藝」之説；這裏講的妙譯，是一種「遊於藝」。文學藝術的起

源有遊戲說，對聯、謎語、詩鐘等國粹，都頗有文字遊戲的意味——是高雅的文字遊戲。依音創意的妙譯，說不定會成為一種「新國粹」。

我讀錢鍾書、余光中、夏志清三人的書，頗有一些心得，曾把寫他們的文章結集成書（有台、港和內地三個版本，內地版本名為《大師風雅》）。三人的一個大特色是其為學為文都兼顧中西；錢和余二位論文和撰文，都重視辭采，夏較少重視。中西兼通且重視辭采者，每多喜依音創意的妙譯；文辭較為質樸的夏志清似乎不怎樣經營此道，卻也不是沒有。例如，他把 sucker（吮吸的人；容易受騙的人）趣譯為「色客」；讀者如聯想有方，或可意會此譯之妙。艾略特和 Faber & Faber 出版社關係密切，夏公對艾略特頗有研究，把這出版社名字創譯為「飛白」。飛白是書法的一種筆法，也是修辭的一種方式，夏譯可謂雅緻。

我的「太息啊，不樂」

略說我自己的依音創意翻譯。在香港讀小學時，對一些詞語頗感困惑：樓下一小店有個大招牌，名字是「好

景士多」；唱的校歌裏有一句是「濟濟多士」，難道招牌寫錯了？後來才知道，原來「士多」是 store 即店舖的音譯。此類音譯詞，香港自開埠以來到處可見。初中時參加「徵求譯名」比賽，把一個手錶牌子 Ricoh 翻譯為「厘確」，意為準確到分到秒到厘，是多神的計時器！香港至今講粵語的人口仍佔最大比例，用粵語來讀，「厘確」和 Ricoh 聲音非常接近。比賽結果公佈時，得獎的譯名是「麗確」。我從「失敗」得到教訓：這個牌子的手錶又「準」（準確）又「靚」（美麗），當然比只是準確的手錶好了，受歡迎了；儘管發音方面，粵語的「麗」比不上「厘」那樣接近 Ri。

　　對音譯有興趣的「基因」小學已種下，以後這方面的涉獵多了廣了，向前賢亦步亦趨，以至與前賢較較勁，乃有數十年來的種種嘗試。我的很多創譯，當時想出來了，寫下來了，卻沒有加以收集，早已音、意兩忘煙水裏。現在記得的當然還有許多，如 Xerox 之成為我的「悉錄」，Email 之為「易妙」，Youtube 之為「友貼」，Covid 之為「寇疫」，等等。提到 Covid，不能不又想到其變種 Omicron。「歐美窮」，窮於應付，現在香港也窮於應付了。喝着「零度」可口可樂敲鍵撰此文時，內地

的醫護人員和各種物資，正源源南下支援窮於應付「寇
疫」的港人。心裏欣慰，但身為港人，眼見香港本身不
能好好蕩「寇」，自然感到不樂。太息啊，不樂！前文
提到冰心、周策縱的「離散」（diaspora）愁懷，我對此
外文詞語依音創意的翻譯，正是「太息啊，不樂」！

二〇二三年春

香港中文大學校園的
「文學家之徑」

從德國和日本的「哲學家之徑」說起

春日重讀《沙田七友記》，還重訪沙田的香港中文大學校園。近年到母校中大開會或演講，都像「解憂所」的溫馨提示一樣，「來也匆匆（匆匆），去也匆匆（匆匆）」。最近（2018 年）4 月中旬這一次在中大參加活動，妻兒同行，我不再匆匆，而是從從——從從容容了。

我在校園指點海山，對犬子說，遠處是平靜的吐露港，更遠處是雄奇的八仙嶺和馬鞍山；當前舉頭所見，則是俊男型的新亞書院水塔，和美女型的聯合書院水塔。兒子看不出來俊男和美女的風姿，我只得實行修正主義說道：水塔一個線條陽剛，一個陰柔。兒子微微表示相信這個二分法。我轉而說：「我們所走這條路的兩

旁，種的是相思樹，你同意這説法吧？」12 歲的少年，
還不到相思的年齡；不過，老爸向來半勸導半強逼小子
「何莫學乎詩」，正因為讀詩可「多識於鳥獸草木之名」。
相思樹的名與實他是認知的。踏着路面稀薄殘存的相思
樹黃花金粉，我對妻兒説：腳下這條「大學道」向前延
伸，是中大著名的路徑。

　　1980 年代我有歐洲壯遊，在德國開會，曾匆匆遊覽
海德堡；時不我與，對依山而建的海德堡大學，只能隔
着尼卡（Neckar）河，在彼岸遠觀。大學裏有「哲學家
之徑」（Philosophenweg），據説此徑四時花木不同，還有
一座花園，海大的教授漫步於此，冥想於此。在晴天邊
散步邊俯視山下，則綠河與紅堡，燦燦生輝，好像思想
的靈光閃閃。中大的社會學者金耀基教授兼擅散文，其
《海德堡語絲》稱此徑為「哲人路」；想像中他敬佩的韋
伯（Max Weber）就在這條路上沉思悟道，成為其哲人。

　　日本的京都大學，則有「哲學の道」（Tetsugaku-no-
michi），1990 年代我有緣踏上的。這條小徑沿着運河，一
端是銀閣寺，一端是禪林寺；中間花木扶疏，櫻花是其
「花魁」。櫻花祭時節，小徑擠着大眾，激情熱鬧和京大
教授或學生沉思悟道的幽靜是兩個世界。我那年的遊歷

在秋天，只見楓紅，沒有櫻粉。據說哲學の道一名由西田幾多郎教授而起，他創了「京都學派」。

宋淇、李達三推動內地香港學術交流

西洋和東洋的大學都有哲學家之徑；中華的大學，豈能沒有學者沉思之路？醞釀經年，國內劉介民教授2010年出版了他和中大李達三（John J. Deeney）教授30年間的往來書札，以見證中國比較文學的發展。他請我為此書寫序，序言裏我提出中大「比較文學家之徑」這個名稱。比較文學指不同語言、不同國家的文學的比較，例如對莎士比亞如何影響德國作家的研究，或者對中國陶淵明和英國華茲華斯兩個詩人作品的比較研究。香港向來中西交匯，一般知識分子兼通中英文，是學術上中西比較研究的沃土。1970年代中期，中大中文系多了兼治中西文學的教授，又從台灣聘來了幾位比較文學的學者，一時間比較文學在中大發展成為顯學。

1978年起國內推行改革開放政策，知識分子希望多認識世界的學術文化。開放的國人，放眼看哪裏？最近的地方是中西交匯的香港。面積一千一百多平方公里的

資本主義城市，有千新百奇值得內地同胞觀摩的事物，
可供中國特色社會主義社會借鏡或批判。中大自此迎來
很多內地學者，文學方面，十年間至少請來數十位青壯
年學者或作家到校訪學。宋淇主持的「翻譯研究中心」
擴充成為「翻譯與比較文學研究中心」，在同事李達三
主力籌畫經營下，內地學者如樂黛雲、劉介民、曹順
慶、張隆溪、王寧等等先後來訪。他們一般居留二三個
月，在校內做研究，做報告，交流活動極一時之盛。

　　宋淇涵養中西，雖然不以比較文學家自命，對相關
學者的治學卻抑揚褒貶，議論風發且風趣。台灣和香港
的比較文學研究，那時流行用西方理論分析中國文學，
台灣大學外文系主任顏元叔是位「領軍」人物。他曾把
古詩《自君之出矣》「思君如明燭」一句的蠟燭，解釋為
男性器官；此論使得同在台大的葉嘉瑩大為不悅不滿，
筆戰遂起。中大幾位學者隔岸觀戰，談笑間宋淇幽默地
說：「糟糕，男人慘了，李商隱有『何當共剪西窗燭』的
句子啊！」宋淇交遊廣，與《紅樓夢》英譯者閔福德
（John Minford）討論這本中國名著在西方的「接受」，
有《紅樓夢》「西遊記」的雋語名篇。

　　李達三接待內地學者，提供種種協助，又從事合作

研究，與劉介民最為相得，成果甚豐。國內學者在校園
裏論學，向西方取經之際，認識到有中國特色理論的重
要。我在中文系任教，重視《文心雕龍》，希望發揚這
部經典，不讓西方的文學理論獨霸天下。李達三是洋人
而提倡比較文學的「中國學派」，年輕學者曹順慶知之
欣然，發揚並增益其說。當年訪學的國內青壯年比較文
學學者，天賦聰穎加上勤奮鑽研，後來紛紛成為這個學
科的中堅以至重鎮；當中成為學院院長、長江學者、學
會會長的甚多，更有成為國際比較文學學會會長的。

設想一條香港中大「文學家之徑」

當年兩岸三地的比較文學學者之外，還有歐美的如
佛克馬（Douwe Fokkema）、雷文（Harry Levin）、奧椎
基（A. Owen Aldridge）等來訪，依山而建的校園，其大
學道和士林路最常見他們的足跡。沿路有教授辦公樓、
大講堂、圖書館、文化研究所、大學賓館和教授宿舍等
建築，路旁有花木，種植最多的是相思樹。山徑蜿蜒，
亦如思維迂迴辯證；路上可仰觀俯視山和海，景象宏
大，亦如思想壯闊廣遠。從大學道上坡轉彎續行，終點

是後來才興建的「天人合一池」——金耀基校長稱之為香港第二景的。(有人問:「第一景是哪個?」金校長說沒有第一景。)

中大的「比較文學家之徑」我提出了多年,去年四川師範大學的張叉教授做訪談,我再道及。4月中旬與妻兒漫步,我又提舊話,並指着士林路旁的伍宜孫書院說,從前這裏是大學賓館,巴金啊,王蒙啊,都住過,我與同事都來拜訪過。他們——還有來訪的很多各地作家,以至最近4月中旬尚在校園的王安憶——自然也在路上留下了足跡。三人漫步漫談,地面相思樹的金粉依稀可辨,妻子想起愛情小說綿綿、早上拍過合照的王安憶,說:「歷來各地作家走過這條路的也很多啊!」是的,比較文學家之徑名稱狹窄了,稱為「文學家之徑」較佳。(當然,也可擴大稱為「文化之徑」,中大的校訓是「博文約禮」。)

1974—1985年在中大任教的余光中,曾在其散文《春來半島》寫道:「到了四月中旬,[大學道旁] 碧秋樓下石階右邊的相思叢林,不但換上鮮綠的新葉,而且綻開粉黃如絨球的一簇簇花來,襯在叢葉之間,起初不過點點碎金,等到發得盛了,其勢如噴如爆,黃與綠爭,

一場油酥酥的春雨過後，山前山后，坡頂坡底，迎目都
是一樹樹倡狂的金碧，正如我在詩中所說，『虛幻如愛
情故事的插圖』。」我想為本文找一幅「文學家之徑」
的插圖，看到中大出版的書冊中有一幅畫，畫中有山有
花有樹有徑，卻無建築物，樹上也無葉子。它只能虛幻
地表意而已。「虛幻」？這裏所記是二十世紀的故人故
事，當年的盛況，追憶時也顯得有點虛幻了。

二〇一八年五月

港灣春暖細論文

吐露港山水：雄奇與清麗

在粵港澳大灣區內，海岸線綿長而曲折的香港，有很多個小海灣；以言學術文化交流，吐露港灣的「吞吐量」極大。在二十世紀八十年代改革開放實施以後的十多年間，它大概是兩岸與香港之間學術文化交流量最大的一個。香港中文大學前任校長金耀基教授，描寫校園所在這個港灣的山水，以「雄奇」形容馬鞍山，以「峻秀」形容八仙嶺，以「清麗」形容吐露港。山水如此，回憶當年大中華地區學術文化交流的盛況，在我比較熟悉的人文方面，印象也是這樣的雄奇峻秀清麗。

社會學者金耀基 1977 年起任香港中文大學新亞書院院長，銳意發展院務，對促成各地人文及社會學科學者的互動，建樹尤多。新亞有一建築名為人文館，由於金院長宏圖大展，這座樓宇特別顯得熠熠生輝。新亞一

建築中有雅舍名為雲起軒，參與交流活動者常在此用餐或進行「沙龍」，人物俊秀，來去如風起雲湧，雲起軒可以又名「雲湧軒」。與兩岸以及世界其他地區學術交流的活動很多，其中的一項盛事，是 1983 年年邁的朱光潛（1897—1986）專程從北京來到書院主持「錢賓四學術文化講座」，比朱氏年長兩歲的錢穆（1895—1990）則專程從台北前來與朱氏會面。在海峽兩岸不互通的時代，美學大師與國學大師的相會堪稱「奇遇」，而中大新亞書院是個美麗的交匯點。

數十年中，令人難忘的交匯甚多。1981 年秋天，中大中文系舉辦「中國現代文學研討會」，與會者包括本校教授余光中（1974—1985 年在中大任教），和來自上海的王辛笛、柯靈。王辛笛有詩卷名為《手掌集》，會上余光中有論文析評之，戲稱為他「看手相」，一時傳為美談。柯靈來開會，初讀余光中的散文，如初遇美人般驚豔，自謂從此「耽讀」，引以為晚年一樂。是年 9 月，內地發表了兩岸通郵通商通航即「三通」的政策，但其實施貫徹尚需時日；《鄉愁》的作者余光中，原本在台灣教書，中大這個盛會，間接拉近了兩岸的文化距離。中大在兩岸的學術文化溝通架起了橋樑，應記一

功。中大和其他香港的大學，其各院系各專業，對兩岸香港三地的學術文化交流都有不少貢獻，這些我無力細細論列。單在中大方面，而且是關於文學的，我因為多有參與，則有條件記述。

交流活動：「麗典新聲，絡繹奔會」

改革開放開始以來，從內地來中大交流的文學學者，不論是古典文學的、現代文學的，還是比較文學的，頗有古書所說「麗典新聲，絡繹奔會」之概。校內的中央道和士林路，是各地學者開會時、就餐時、漫步時、來往賓館時的常經以至必經之路，路旁有松樹、竹樹、相思樹、杜鵑花之屬，甚具園林之勝。德國的海德堡大學和日本的京都大學，都有小路名為「哲學家之徑」（Philosopher's Path）；我仿其名，將上述的路徑稱之為「文學家之徑」——當然，從「博文約禮」的中大整體來說，稱為「文化徑」會更為妥帖。

本文要重點記述的，是「大灣區」內吐露港灣畔的香港文學交流活動。二十世紀八十年代初期，「香港前途」問題出現：國家要對香港恢復行駛主權，即 1997

年香港回歸祖國。文學反映時代社會，內地學者研究香港的種種事物，包括香港文學，最初是為了藉此加強認識香港社會，以利香港回歸。香港本身的學者，研究香港文學者少，這方面的專論寥寥；內地學者研究之，除了上述原因之外，還可藉此「填補空白」，更可對所謂「文化沙漠」的港人表示關懷，為其打氣加油。（香港當然絕不是「文化沙漠」，這裏按下不談。）「大灣區」的學術機構如中山大學、暨南大學、廣東省社科院的學者，在內地是研究香港文學成績最顯著的。這些研究者經常來香港收集資料、訪問作家，或參加會議，討論切磋。我策劃或參與策劃的三次文學會議，一是 1988 年的「香港文學研討會」，二是 1993 年的「兩岸暨港澳文學交流研討會」，三是 1999 年的「香港文學國際研討會」；我記憶猶在，第二、第三個研討會更有會議論文集的資料可印證，下面試為記述。

1988、1993、1999：三個香港文學研討會

　　1988 年那一次，由中大和香港三聯書店合辦。中大有「亞太研究中心」，其副主任是社會學系的劉兆佳教

授。其時「香港學」興起，劉氏本人在中心從事的是香港社會和政治的研究。我向他建議在其下設立一個香港文學研究室，他爽快答應，撥出一間近十個平方米的辦公室，以及半個研究助理（她每日上班半天），以供我應用。規模雖然很小，這樣一個香港文學的研究機構，在香港的學術界，卻可能是首個。負責是次研討會籌備工作的，主要是此室人員——就是我和半個助理，以及從廣州來訪的暨南大學一個年輕研究生何龍。這個在香港有開創意義的香港文學研討會，宣讀的論文有三數十篇，與會者包括好幾位廣州來的學者。由於經費有限，會議結束後沒有出版論文集。

1992 年 11 月海峽兩岸經過商談，達成以「一個中國」原則為基礎的「九二共識」；翌年初我受命參與籌備「兩岸暨港澳文學交流研討會」，擔任會議的祕書長，此會議由鑪峰學會和中大新亞書院合辦。鑪峰學會在 1989 年成立，成員多為有台灣學術背景的香港的大學教授、講師，金耀基是創會會長。當時兩岸的政治氣氛良好，大陸有柯靈、諶容、陸士清等，台灣有余光中、齊邦媛、馬森等，前來香港開會；「大灣區」的與會者，香港有梁錫華、璧華、陳耀南、潘銘燊、黃國彬、黎活仁、

黃坤堯，廣州有王晉民、潘亞暾，澳門有雲惟利、黃曉峰。這些與會者或宣讀論文，或發表講話，共有三十餘篇文字，都圍繞着中華文學交流互動這個主題，其中有宏觀中華文學前途的，也有析論作家作品的。會議上我提交的論文題為《八十年代以來兩岸香港的文學交流》，是點題之篇。兩岸港澳之間的與會者，在天朗氣清、鳳凰木繁花初豔的五月，於吐露港灣畔輕鬆談文，舒暢説藝；開會之外，新亞院長和鑪峰會長分別設宴招待，與會者既享受美酒佳餚的口福，也享受言談風趣的耳福。這次會議中，「大灣區」的學者固然一片圓融，兩岸的學者也文質彬彬如一家的親和。

另一個「春天的約會」在 1999 年的四月。新亞書院創立於 1949 年，1999 年有建校五十周年之慶。院長梁秉中籌畫各項慶典活動，其一是與香港藝術發展局合作，舉辦「香港文學國際研討會」，由該局文學委員會慨然撥發大筆款項玉成其事。1997—1998 學年我休假，在美國明尼蘇達州的默士達學院（Macalester College）擔任韓福瑞（H.H. Humphrey）客席講座教授；新亞院長和文學委員會主席「飛書」（Fax）或打長途電話到美國，請我籌辦這個會議。1998 年夏天，我客座期滿返回

香港，即着手籌辦。

　　多年來我在亞歐美洲各地參加過種種學術研討會，在香港則籌辦過（如上述兩個），對此次經費充裕的會議該如何舉辦，頗有新思維。我將想法告訴院長，他欣然採納，於是先組成一個「研討會籌備委員會」，成員除了院長和我之外，還有本港各大院校的教授和講師，即何沛雄、鄺健行、陳志誠、黃國彬、黃子程、黎活仁、陳國球、王良和，共十人。經過籌委會多次開會商量，半年後研討會順利召開，一連三天，與會學者逾百人，誠然是「百人討論百年香港文學」的盛會。宣讀的論文有六十多篇，論文作者除了兩岸三地學者之外，有來自日本、韓國、新加坡、馬來西亞、澳大利亞、加拿大、美國的，充分具備國際性。

大灣區學者：香港文學的春天約會

　　本文關注的是「大灣區」的文學交流，所以這裏只列出香港除外的「大灣區」論文作者名單：李育中、潘亞暾、許翼心、王劍叢、艾曉明、鍾曉毅，他們都來自廣州。是次會議論文涵蓋香港文學的多個方面，剛剛

所舉李育中等六位的論文，論述內容包括如何編寫香港
文學史、金庸小說、李碧華小説等。從這些論文和會議
上他們的發言，我們看到廣州學者的香港文學研究，已
具相當的廣度和深度，對香港社會的認識也如此。「一
國兩制」中香港人的生活方式，他們有了越來越深的體
驗；例如，香港一些小説出現的餐飲詞語「飛沙走奶」
「鴛鴦」「奶昔」「蛋治」「多士」等，他們不但已明其意，
且已飲、已吃其品了。香港報章副刊的專欄雜文是普及
文學的重鎮，他們已「識荊」了。當然，香港的學者與
同行交談，讀同行論著，對他們的認識也大大加深了。

　　廣州幾位學者赴港開會之前，已發表過多種專著或
專文。以言專著，就有潘亞暾與汪義生合寫的《香港文
學史》，有許翼心的《香港文學觀察》，有王劍叢的《香
港文學史》、《20世紀香港文學》、《香港作家傳略》、《香
港精萃散文賞析》，有鍾曉毅的《香港文學史》（通俗小
説卷）、《金庸傳奇》、《亦舒傳奇》。穗城的這些學者，
經過二十世紀八十年代起十多年的研究，和穗港兩地的
學術交流互動，一造又一造，已得到豐年穗禾稻米一樣
的收穫。內地學者著作的內容也許有欠中肯周延之處，
引用的資料也許有差錯遺漏，然而，他們畢竟有了很好

的成績。反觀香港的學者，不要說 1999 年研討會召開之時，甚至一直到現在，都沒有人寫作出版過「香港文學史」一類的專著——1985 年出版的拙著《香港文學初探》只是一本論文集，不是香港文學史或香港文學概論。最近（2019 年 3 月）有報導稱「大灣區」內深圳市的 GDP（地區生產總值）已超過香港。我估計，二十世紀之末，在香港文學研究方面，廣州的「學術生產總值」（我自鑄的新詞，可稱為 GAP，即 gross academic product）已超過了香港。

在研討會宣讀論文，無論中外，一般規定只能用 10 到 20 分鐘。很多與會者千里甚至萬里迢迢而來，且所撰論文往往是洋洋一二萬言，就只有這樣短短的時間供其講演，豈不可惜？是次研討會有籌委共十人，來自不同的院校，有此「陣容」，我乃請諸位籌委「認領」港外的與會者（自然包括穗城的學者），也有由我「分派」的，請各人在研討會舉行之前或之後，到不同的院校演講或主持座談。這樣「人盡其才」，在研討會上宣讀論文參與討論之外，多了學術交流的機會，香港文學又得到廣泛的宣講，豈不善哉？我認為這樣的「人才增值」做法，值得舉辦研討會的人考慮採用。

　　那年四月，春暖花開，吐露港灣以至整個香港的大小港灣，灣畔相思樹的黃色小花灑得遍地金黃；在中大校內校外的大小各種會議中，各地同行一起議論香港文學，交流心得。這樣的文雅風光，千多年前感歎「獨酌無相親」的李白，不知「何時一樽酒，重與細論文」的杜甫，如泉下有知，相信會大為歡喜羨慕，慨歎「吾生也早」了。

　　　　　　　　　　　　　　　　　二〇一九年三月

當代文學自由談

黃維樑　著

責任編輯　黃嗣朝
裝幀設計　鄭喆儀
排　　版　黎　浪
印　　務　劉漢舉

出版　　中華書局（香港）有限公司
　　　　香港北角英皇道 499 號北角工業大廈一樓 B
　　　　電話：（852）2137 2338 傳真：（852）2713 8202
　　　　電子郵件：info@chunghwabook.com.hk
　　　　網址：http://www.chunghwabook.com.hk

發行　　香港聯合書刊物流有限公司
　　　　香港新界荃灣德士古道 220-248 號
　　　　荃灣工業中心 16 樓
　　　　電話：（852）2150 2100 傳真：（852）2407 3062
　　　　電子郵件：info@suplogistics.com.hk

版次　　2024 年 1 月初版
　　　　2024 年 4 月第 3 次印刷
　　　　© 2024 中華書局（香港）有限公司

規格　　32 開（195 mm×140 mm）

ISBN　　978-988-8860-51-7